DESTINOS QUE SE CRUZAM
KRISHNAMURTI GÓES DOS ANJOS

DESTINOS QUE SE CRUZAM
KRISHNAMURTI GÓES DOS ANJOS

LARANJA ● ORIGINAL

★

LADEIRA DO CARMO

47

Única coisa permanente é a mudança

Heráclito 500a.C.

★

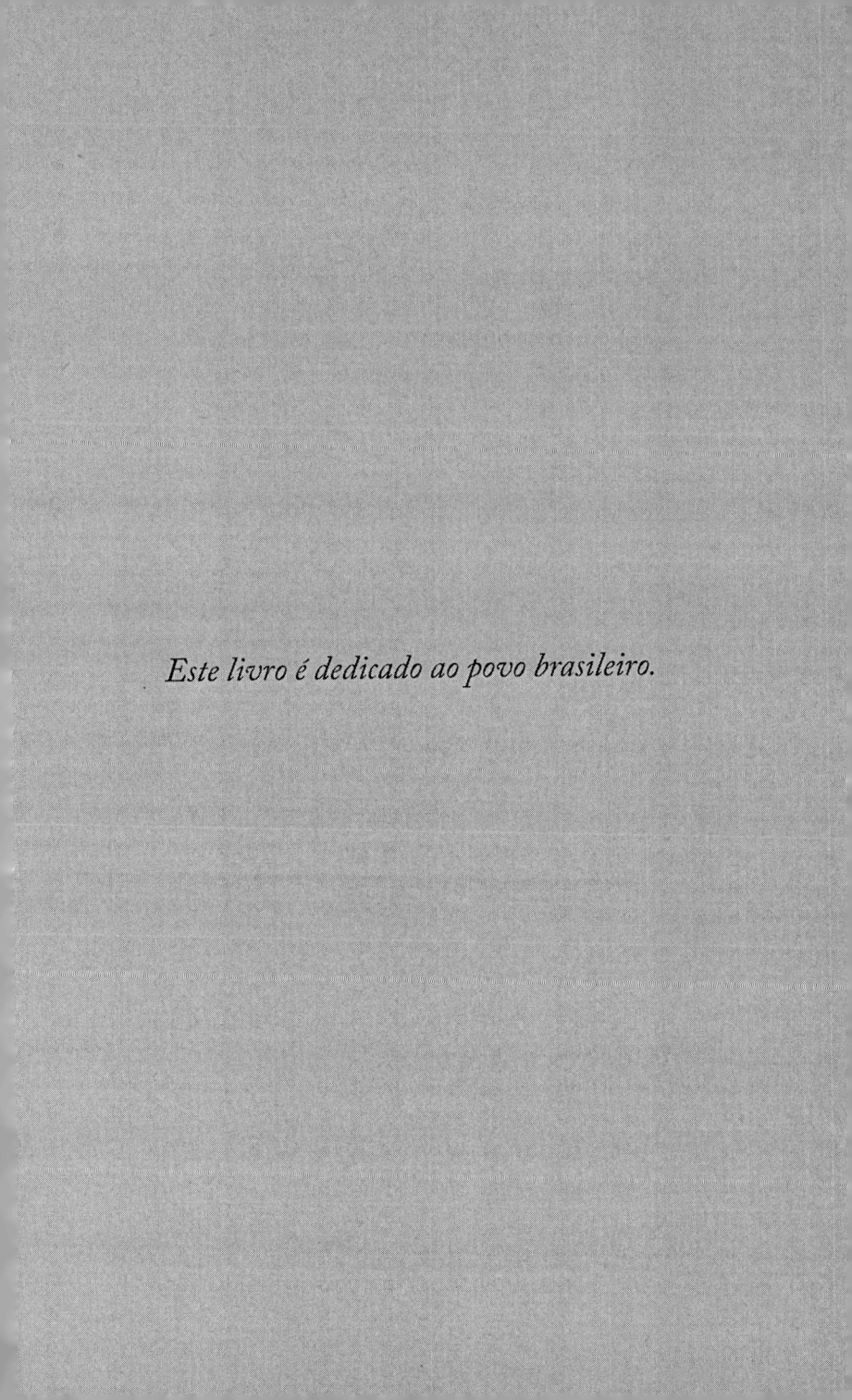

Este livro é dedicado ao povo brasileiro.

UMA PARTE DA HISTÓRIA DESTE LIVRO...

Há anos – e lá se vão vinte e cinco –, fui tomado por uma febre de pesquisa histórica. Cursava então Letras Vernáculas na Universidade Católica do Salvador e também História, na mesma universidade. Tinha em mente pesquisar sobre os literatos baianos de origem negra/escrava na Bahia, e pretendia embasar parte da pesquisa em notícias publicadas em jornais e revistas do início do século XX. Apostava no fato de que, na leitura das entrelinhas daquelas notícias, poderíamos intuir a maneira de viver, de pensar e, por consequência, todo o posicionamento social de uma época, coisa que, nem sempre, os documentos oficiais ou os livros de história conseguem resgatar. Estava então fortemente influenciado pela leitura de *Bahia em tempo de província,* do historiador e professor Cid Teixeira que trazia uma série de artigos sobre notícias publicadas em jornais baianos do século XIX, dando-nos conta, e comentando, casos e fatos pitorescos. Um deles chamou-me a atenção pelo inusitado da situação ali exposta. Escreve o professor Cid, já em 1986, sobre a greve das alvarengas do século XIX:

"As comoções sociais ocorridas no Brasil nos anos seguintes à abolição, somente agora, começaram a merecer algum cuidado. Ainda assim, com estudos referentes à influência dos 'Carbonari' e dos anarquistas vindos da Europa, particularmente da Itália, junto aos trabalhadores do Rio de Janeiro e de São Paulo".

"Movimentos reivindicatórios de empregados versus patroes e destes contra o poder público, na Bahia, demoraram mais a ocorrer," continua o professor Cid, a discorrer sobre a greve das alvarengas de 1887. Na verdade, resultado de uma ruptura no seio da elite dirigente que não incluía os trabalhadores do porto de Salvador. Explica-nos o autor: "Os trabalhadores da estiva não se julgaram obrigados à participação. Esta viria pouco depois com a tomada de consciência da sua importância como força-trabalho. Viria numa longa história que ainda está por ser escrita. A história da estiva branca

Krishnamurti Góes dos Anjos

estimulada pelos alvarengueiros, e da estiva vermelha que se propunha a uma independência profissional. História que se prolonga por anos e anos. De que é capítulo a morte de João de Adão, já neste século em 1913."

Muito bem; dias depois da leitura acima, encontrava-me na sala de pesquisas do Instituto Geográfico e Histórico da Bahia, a folhear a revista de variedades *A luva*, que circulou em Salvador entre os anos de 1925 e 1932, e não sei por que mistérios, casualmente meus olhos foram dar em uma matéria intitulada: *"Synthese da Administração Policial"* (em 1928, síntese se escrevia com y e h), ilustrada com um clichê (fotografia) de um tal doutor Madureira de Pinho. O texto ia e voltava na biografia do advogado Madureira, que entre 1925 e 1928 fora Secretário de Polícia e Segurança Pública do Estado. Referindo-se aos primórdios da atuação do então advogado que atuara nas rodas forenses como advogado criminalista, vinha a informação:

"Entregando-se à advocacia, o Dr. Madureira de Pinho fez-se patrono de importantes causas criminais. A tribuna do Juri teve, em S. Excia., o mais ardoroso paladino na defesa de causas criminais de alta importância, como o assassinato de João de Adão e o julgamento de Carmine Alfano em cujos debates, prolongados e exaustivos, S. Excia, teve ensejo de pôr em prova a sua grande cultura jurídica, a sua eloquência empolgante e notável resistência física."

Neste ponto da leitura, fui tomado de redobrada curiosidade. Quem teria sido afinal João de Adão? Quem seria Carmine Alfano? (Lê-se Cármine), um carbonário (posto que esse sobrenome parecia-me ser de origem italiana), membro de alguma sociedade secreta revolucionária? Um anarquista radical? Por que teria ele assassinado João de Adão, um simples estivador do porto? Por que este crime estava, tanto tempo depois, sendo considerado um crime de alta importância?

Ocorreu, todavia, que a exaustiva consulta das edições dos jornais baianos das duas primeiras décadas do século XX a que me impus[1] revelou um universo humano muito mais amplo e rico do que a princípio poderia imaginar. Justamente neste período, houve um fluxo migratório imenso para a cidade da Bahia (como era chamada Salvador), de inúmeras nacionalidades, o que contribuiu para alterar aquela primeira ideia de pesquisa sobre os intelectuais de origem negra. Pois foi assim. Resolvi escrever esta ficção (não temais amigo leitor, os fatos reais constituem maioria e são bem mais criativos que a ficção propriamente dita), para tentar responder a estas e outras perguntas, numa tentativa de jogar novas luzes na nuvem de grãos de pó de nossa memória...

---

1. Registro meus agradecimentos às seguintes instituições, onde pude aprofundar as pesquisas que resultaram nesta obra. A saber: Instituto Geográfico e Histórico da Bahia, Arquivo Público do Estado da Bahia, Fundação Clemente Mariani, Tribunal de Justiça do Estado da Bahia – Fórum Ruy Barbosa – Arquivos processuais e, Academia de Letras da Bahia.

★

I

Jornal da Bahia – Sexta-feira, 3 de agosto de 1906

Suicídio

Às 2 horas de ontem na Capelinha, Estrada 2 de Julho, primeiro distrito de Brotas, suicidou-se o africano Honorato de Sant'Ana, que contava com mais de 70 anos de idade, e residia ali em companhia de seu filho Eusébio de tal, pedreiro, solteiro e bastante conhecido naquele lugar.
O infeliz africano, que ultimamente sofria de mania de perseguição, aproveitando-se da ausência de Eusébio, amarrou num dos caibros do teto da casa uma corda, enforcando-se imediatamente, sem que isto percebessem duas raparigas enteadas do filho do suicida, as quais, momentos depois, depararam com o tristonho quadro.

A verdade...
A verdade é que ele e Domenico estavam indo à companhia de navegação. Em uma esquina, encontraram uma pequena aglomeração de pessoas que liam um cartaz onde estava escrito: "O teatro de Oklahoma entrevistará pessoas para integrarem seu quadro de artistas amanhã, na pista do barraco ao lado do gasômetro das 6 da manhã até a meia-noite. O grande teatro espera por você! Somente hoje, ou nunca mais. Se você perder esta chance, nunca mais terá outra igual! Se você é um dos que pensam no futuro, já é um dos nossos! Todos serão bem-vindos! Se você deseja ser um artista, integre-se a nós! Nosso teatro pode empregar todos vocês; há um lugar reservado para cada um! Se você decidir-se a ficar conosco, congratulamo-nos com você desde já! Mas apresse-se, para chegar antes da meia-noite! À meia-noite, as portas serão cerradas, e nunca mais se abrirão! Abaixo com todos aqueles que não confiam em nós! Em frente, e para Clayton!"

Domenico animou-se diante do anúncio, antevendo a possibilidade de uma colocação que lhe permitisse, talvez, um trabalho mais brando do que o de servente de obras. Gaetano, mostrando a mais completa indiferença, fez com que Domenico lhe falasse em dialeto napolitano:

– Ora vamos Gaetano, essa terra chamada Bahia, pode não ser um bom negócio, dizem que é uma região muito quente... ademais não demora arranjamos emprego aqui mesmo.

– Pode ser, mas já empenhei palavra com o professor Sercelli. Estão com muita necessidade de pedreiros por lá para obras em uma escola de médicos – Gaetano silenciou por uns segundos, para logo em seguida concluir em tom desanimado.

– Além disso, depois que Beatrice se foi, pouca coisa me importa...

Domenico, respeitando a dor do amigo, limitou-se a abanar uma das mãos e não teceu mais comentários. No prédio da companhia de navegação da Mala Real Inglesa, Gaetano comprou sua passagem de 2ª classe, vapor Aragon para o dia seguinte, às 6 horas da manhã.

Agora, observando a imensidão verde do mar, na amurada do navio, Gaetano deseja ardentemente o término daquela viagem que o prendia pelo oitavo dia consecutivo. Comentava-se entre os passageiros que logo estariam chegando à cidade da Bahia. Contudo, uma insatisfação, um sentimento imenso de perda, fazia sua memória desfilar tumultuosamente as cenas de sua vida com a doce Beatrice em São Paulo. Lembrava-se da chegada à hospedaria dos imigrantes, do rigoroso serviço de cadastramento, de desinfecção e profilaxia, que consistia em aplicar em todos os imigrantes e suas bagagens, um vapor sulfuroso fedorento que fez com que Beatrice torcesse de forma engraçada o nariz. Sua memória lhe mostrava a imagem da mulher em pé no meio do salão de paredes de tijolos requeimados, forro de estuque e chão ladrilhado. Tudo para prevenir as doenças que eles poderiam trazer.

Depois do desconforto de dias e dias nos porões de terceira classe, mais esse constrangimento do vaporzinho... A lembrança desfilou também os duros dias de trabalho na construção da nova igreja matriz do Brás, edificada em terrenos do antigo cemitério, em forma de cruz latina. Trabalhada em pedras. Enquanto ele labutava ao lado dos irmãos Calcagno, Beatrice cuidava com esmero da pequena e estreita casa geminada em que moravam na rua Carneiro Leão.

Ali no Brás, em verdade, falava-se mais o napolitano do que português, tal a quantidade de imigrantes napolitanos. Seus patrícios aos poucos iam fazendo prevalecer os costumes da saudosa Itália.

Diante da casinha onde moravam, nas noites quentes, Beatrice costumava conversar com as comadres, enquanto ele, fumando seu cachimbo, jogava com os vizinhos mais chegados, escopa, tressette ou a víspora. Se ocorria de passar por ali o pizzaiolo carregando suas enormes latas redondas, Beatrice não dispensava. Tinha de comer, um pedacinho que fosse... Porém, não só boas recordações habitavam a memória de Gaetano. Aquelas chuvas volumosas de julho último, a enchente do rio Tamanduateí e o surto de doenças que se seguiu à enchente foram lhe turvando a mente. Beatrice adoecera, a moléstia prolongada, a falta de meios, de dinheiro, para um melhor tratamento... À essa altura de suas lembranças, Gaetano meteu a mão no bolso do paletó e tirou uma folha de papel com o timbre da inspetoria sanitária do Estado de São Paulo. No papel estava escrito: "Beatrice Alfano, 22 anos, casada, natural de Castelluccio, Nápoles – Itália. Corpo examinado pelo verificador de óbitos Dr. Francisco Moreira a 2 de agosto de 1906. Causa Mortis: Gastroenterocolite."

Nesse momento, o choro o tomou, e ele atordoado repôs o papel no bolso do paletó. A menos de dois metros de onde Gaetano se encontrava, um homem que fumava um cigarro e que vira o seu desespero aproximou-se e, com um leve cumprimento feito com o chapéu, perguntou-lhe amigavelmente:

– Perdoe-me senhor, sente-se bem?

– Como? ... Ah, si senhor. Sono sicuro di me.

O homem então, no intuito de animá-lo, exclamou:

– Ora então! Estou tendo a honra de falar a um italiano! Sim, mais um italiano que me parece bem triste.

Ante a cordialidade sincera demonstrada pelo estranho, Gaetano acedeu.

– Si, uma grande tristeza...
– De qualquer forma, permita-me que me apresente. Senhor?
– Gaetano. Gaetano Alfano.

Seu interlocutor estendeu-lhe a mão e, por sua vez, apresentou-se:

– Egas Muniz. Às suas ordens.

E, sem dar a Gaetano tempo de falar-lhe algo mais, o novo amigo declamou:

Andam queixas pelo ar nostálgicas e vagas...
Perece sofre tanto ó Deus tudo que existe!
Porque o círio da fé, poeta não apagas?
Se as tenebras da vida a alma não
Mais resiste?

– Ma que belo! – Admirou-se Gaetano, recuperando melhor ânimo. Vejo que és poeta.
– Sim, a poesia é uma das facetas da minha vida, quando não estou a lecionar, faço modestamente uns versos. E vosmecê em que moureja?
– Como? Scusi, non capice.
– Ah sim... sim... em que trabalhas?
– Io? Io sono uno operário di costruzioni.
– Interessante...

Nesse exato momento, o vapor "apontou no quadrado" da Baía de Todos os Santos, e a formosura montanhosa da cidade descortinou-se aos viajantes que começaram a se juntar para ver e entender o porquê daquela cidade ter dentro de si duas outras cidades. A cidade Alta, na crista da montanha, e a seu pé a cidade Baixa.

Dando cumprimento à organização e pontualidade britânicas, os criados de bordo arrumavam, próximos à escada de descida, caixas, malas e baús, enquanto um oficial com forte sotaque inglês procedia à chamada dos passageiros que iriam desembarcar.

– Please mister: Egas Moniz Barreto de Aragão, Afonso Henriques Lima Baraúna, Gilberto Freire Gramacho, Sérgio Buarque Utrecht, Emil Farrath Veloso, Osvald Andrade Moraes, and mister Gaetano Alfano.

Como se a lancha da inspetoria da polícia marítima estivesse se retardando para permitir o desembarque, os passageiros ficaram conversando entre si.

– Ma come mai questa nave non attracca? – Perguntou Gaetano.

– Não, meu amigo – respondeu-lhe o sr. Muniz – não atraca. Por essas paragens o ditado ainda é o mesmo. Maomé é que vai à montanha. Não há cais acostável.

– É vero?

– Sim. Vês aquela sequência de grandes quadras de edifícios, de igual altura?

– Si vejo bem.

– Aquilo é que é o cais da Bahia. Não tem profundidade para receber um navio deste porte. Muito se tem falado e brigado pela construção do cais, mas a coisa não sai. Dizem que agora vai, com contratantes franceses... É por isso que como vês, há essa imensa quantidade de pequenos barcos, saveiros, alvarengas e canoas a coalhar este mar. Será numa dessas embarcações que iremos à terra. Ali naquele cais, naqueles prédios que são armazéns e ao mesmo tempo escritórios, é que reside o grande comércio baiano. No cais só atracam pequenos barcos e alvarengas dos donos de cada trecho em particular, que transportam mercadorias para os trapiches, ou quem necessite alugar algum espaço para armazenar mercadorias.

– Má quí há pessoas que são donas do porto?

– Não oficialmente, mas de fato. Ali naquele prédio que é a alfândega, naquele com uma grande rotunda e aquela ponte, é que vamos desembarcar. Mais adiante há o cais do Pedroso, depois a Praça São João. Em seguida, o Cais do Ramos, depois o das Amarras, a Praça Riachuelo e o novo Cias do Ouro. Do outro lado de lá da alfândega ficam a Caldeira, o Arsenal de Marinha e, mais adiante, mais trapiches...

Ao aproximar-se do navio pequena canoa cheia de frutas coloridas, e remada por três musculosos negros nus da cintura para cima, Gaetano perguntou assustado:

— Em questo barco é que vamos?

— Não, esta é uma canoa de ganho, de vender frutas da terra. Olhe, lá vem outros dois maiores. Mas espere, ali vem também a lancha da polícia.

Quando os dois guardas mulatos subiram a bordo, receberam a lista dos passageiros das mãos do oficial inglês e procederam a rápida revista nos documentos de cada passageiro. Ao constatarem que somente poucos desceriam, seguindo o Aragon com escalas para a Europa, fizeram com um pequena bandeira, sinais à terra informando que só havia necessidade de uma alvarenga para dar descarga às bagagens. De um dos barcos que haviam se aproximado do navio, um negro corpulento, com um chapéu de palha e surrada camisa, anunciava aos berros:

— Ói! Baratinho para ir à terra, por uns tostõezinhos só, nós leva. Vumbora que tá na hora. Ói! Ói!

Isso ele repetiu por três vezes seguidas, até que dentre os passageiros, distinguiu a presença de Egas Muniz. Ao vê-lo, gritou com a mão em forma de concha na boca.

— Seu dotô, yôyô tá aí querendo sortar?

— Oh amigo Piruleta, estamos todos aqui esperando...

— Então pera aí, que eu vou manobrá o barco mió!

Piruleta, dando vigorosas remadas, ordenou aos outros dois tripulantes:

— Atina Zé Sol com esse remo, tu parece inté que tá ficando lerdo. Vumbora Boaventura, avante, rema que lá vem a lanchinha da baiana.

— Vem não — disse Boaventura — eles vai é pro navio alemão que também apontou agora...

O Aragon apitou indicando que seguia viagem com o bojo pejado de uma carga de imigrantes de torna viagem para a

Europa, e os sete passageiros foram embarcados no pequeno saveiro batizado de Cucego.

Assim que chegaram ao prédio da alfândega, Egas Muniz indicou a localização dos escritórios de F. Stevenson & Cia a Gaetano e disse-lhe ao se despedirem:

– Pois aceite as boas-vindas, senhor! Esta é uma boa terra, senhor Alfano, uma terra... E calou-se por uns segundos, talvez pensando no que iria dizer, e então concluiu – uma terra abarrotada de revolta e resignação, meu caro.

Mesmo sem entender o exato significado dessas últimas palavras do companheiro de viagem, Gaetano apertou-lhe a mão dizendo:

– Addio signore de Villar. Fico-lhe grato per tutto.

O professor dirigiu-se para outro ponto do vasto edifício da alfândega, e Gaetano, empunhando sua mala, saiu ao largo da praça em frente, seguindo a direção que lhe fora indicada. Na rua, as imagens daquela grande massa popular, que trafegava no exíguo espaço compreendido entre a montanha e a baía, foram se revelando como um frenesi de cinematógrafo.

Um sem número de carroças transportando volumosas cargas, grupos de negros carregando grandes toras de madeira, outros negros puxando ritmicamente uma corda atada ao quinto pavimento de um prédio suspendendo feixes de caixotes, seis negros transportando ao nível das cabeças uma comprida canoa, negras vendendo frutas, outras legumes, outras ainda ossos de reses, mais negros mercando peixes, um negro não tão negro como os demais fazia um pregão de bengalas e guarda-chuvas, um mulato amolava facas, quatro outros mulatos com carabinas a tiracolo pareciam guarnecer o trabalho que um homem louro de olhos azuis coordenava a pretos que assentavam trilhos de bondes, um negra sentada a um tabuleiro chamou Gaetano de meu branco, jovens negrinhos ofereciam-se para carregar-lhe a mala e, em meio aquele burburinho, todos se esquivaram de um majestoso piano de cauda que passou como um monstro de vinte pernas negras brilhantes. Outro preto, este sim, preto de verdade, apoiava o corpo bêbado em uma parede, um cão vadio mijava num poste, e assim, saindo daquele mar de pretos de todos os tons e quase nenhum branco, Gaetano Alfano entrou no edifício dos agentes da Real Mala Inglesa, com a impressão de que assistira mesmo a uma sessão do cinematógrafo Lumiére, retratando expedições ao continente africano.

Enquanto aguardava o professor Oreste Sercelli na sala de atendimento dos Stevenson, Gaetano leu um cartaz afixado na parede.

"Pede-se aos ilustríssimos Srs. que pretendem tomar passagens nos vapores desta Companhia, o obséquio de prevenirem as suas passagens o mais cedo possível, visto haver grande procura para as mesmas nos portos do Sul, e mais tarde será impossível acomodar a todos que desejarem viajar. Os agentes – F. Stevenson & C."

Apalpando o bolso do colete em que guardava os parcos réis de que dispunha, o italiano suspirou, pensando que ainda poderia ter mais alguns se, no Aragon, ainda houvesse disponível uma das quinhentas passagens destinadas à terceira classe quando comprou a sua. Recordou-se de Domenico. Como estaria o amigo? Teria ele de fato se empregado no tal teatro de Oklahoma? Assim que pudesse, telegrafaria a São Paulo pedindo notícias.

II

Jornal da Bahia – Sexta-feira, 3 de agosto de 1906
Os imigrantes de São Paulo

Diz uma varia do Jornal do Comércio. O Sr. Joaquim Gonçalves, que foi incumbido pelo governo da União de estudar as causas que motivaram o êxodo de imigrantes de S. Paulo para a Itália e República Argentina, regressou ontem daquele estado por ter concluído a sua missão.

Ontem mesmo, o Sr. Dr. Joaquim Gonçalves apresentou-se ao Sr. Ministro da Viação, a quem entregou o seu relatório. Essa peça que é bastante minuciosa será publicada hoje. Referindo-se às causas do êxodo de imigrantes, diz o Sr. Dr. Joaquim Gonçalves no seu relatório: "De tudo quanto observei e coligi, resultou a convicção de que: em geral, dois motivos confluem para esse movimento. Abundantes pecúlios de que se acham os imigrantes providos, e torpe exploração de que estão sendo vítimas, por parte de alguns dos seus patrícios estabelecidos no estado.

A terminação de uma grande safra proporcionou-lhes fartos recursos. Uns em menor número empreendem viagem ao torrão natal, por iniciativa própria; outros, por sugestão de terceiros, que lhes descrevem a facilidade e os reduzidos gastos do passeio e lhes oferecem os préstimos de guias; e alguns, finalmente, retiram-se em busca de fabulosa fortuna, que a rodo lhes aguarda alhures, segundo a insidiosa lábia de compatriotas seus, ávidos de partilharem das economias acumuladas pelos inexpertos campônios.

Essa deslocação de imigrantes para o estrangeiro, como de uma para outras fazendas, é uma consequência do sistema de suprimentos de braços à lavoura sem radicá-lo ao solo. É um hábito já inveterado, principalmente ao findar a colheita do café, quando fazem a liquidação de suas contas e se munem de saldos, não raro elevados. Não é pela escassez de vantagens que a retirada se opera."

— Mentira! Madona mia santíssima! Io mandei trazere a massa pronta!

— É seu yoyô, mas não foi isso que o Juvenal me disse não... eu trouxe a barrica de cimento pra vosmecê dizer como é que se faz.

— Questo ragazzo é veramente um imbecille!

Foi esta a última frase dita por Gaetano que, trepado num andaime de madeira, dava acabamento na cornija da parede da secular escola de medicina do Terreiro de Jesus. Por bom espaço de tempo, nada disse ao servente arranjado pelo professor Oreste Sercelli que, embaixo, sentado na barrica de cimento, aguardava as ordens. Gaetano, concluindo aquele trecho de parede, olhou seu trabalho de várias posições, mirou bem as curvaturas e disse afinal:

— Si. Agora estai belo.

Desceu do andaime e perguntou ao servente:

— Como se chama?

O outro, levantou-se respeitosamente e respondeu, tirando o velho chapéu coco, ornado com uma diminuta pena de galinha no laço.

— Gregório, inhô. Às suas ordens.

— Ma vamo, andiamo a fazere questa massa.

— Agora mesmo, seu dotô.

— Io non sono doutor. Io sono um operário, um operário qualificado!

— Tá muito bom inhô, mas por aqui, quem sabe fazer esses enfeites aí na parede é mesmo que ser dotô.

— Vá homem, andiamo.

E sob a orientação de Gaetano, o negro Gregório ia misturando os componentes da argamassa na proporção correta.

— Primo – dizia Gaetano – Uno de cimento per trê de areia.

E solicitamente Gregório executava as ordens e enquanto trabalhava, não parava de falar.

— Agora sim. Agora é que eu vou aprender alguma coisa que valha. Sabe inhô Alfano? Eu não pude aprender mais que assinar meu nome. Aprendi com a filha de minha dona, inhá

Gertrude, a professorinha Cândida, dona Candoca, que Deus a tenha! Que foi ela que me ensinou. Adepois quando gritaram a abolição eu já vivia de ganho aí pelas rua sem aprender nada que preste. Eu faço tudo que o inhô quiser... só quero aprender a fazer esses acabamento assim redondinho nas paredes.

– Ma homem – respondeu Gaetano em tom de pilheria – tu me fecha questa matraca!

– Fecho sim inhô, juro por Deus que eu não falo mais – e largou a pá para fazer com os dedos uma cruz nos lábios – juro por tudo que é mais sagrado, que eu calo a boca, faço qualquer coisa para aprender. Só não me bote pra fora daqui.

Calaram-se. Gaetano, enquanto trabalhava, ficou pensando nas palavras do outro. Não lhe saía da cabeça a frase "quando gritaram a abolição". Descansou a colher de pedreiro em uma das ripas do andaime e perguntou:

– Escuta Gregório, como era a escravidon quí?

– Ah inhô, uma judiaria que eu nem gosto de me alembrá. Nois nem tinha tempo nem de descansar as cadera que os dono não deixava... eu tinha uns trinta ano quando a princesa Isabel botou a lei. Até aí eu vivia puxando carga de ganho, carregava no iniciozinho uma cadeirinha de arruá, botaram o bonde puxado a jegue adepois, acabaram com as cadeirinha, aí fui ser alugado, carregador de pipa de vinho num trapiche de um português chamado João Romão, mas aí, não tardou e o homem morreu. E olhe que eu tinha que pagar a minha dona vinte mil réis todo mês, chovesse ou fizesse sol. Intão fui vender galinha lá embaixo na praia e a polícia disse: Aqui tu não vai vender galinha... Adepois fiquei por aí, vendi isca de fígado, marisquei, peguei de amizade com a Arlinda...

– Como de amizade? – perguntou Gaetano querendo entender aquela língua misturada.

– De dar uma inhô, de muntá, os branco diz amásia, amante!

– Ah si, e dopo?

– A nega vendia cocada, acarajé, abará... ela num canto, eu noutro, e fomo vendendo inté que deu lá nela a peste, e a negra morreu, e eu fiquei de novo por aí...

Krishnamurti Góes dos Anjos

— Bene Gregório — impacientou-se Gaetano — andiamo, andiamo que tenho que ir ao correio ver se há chegado algum telegrama.

— Ôchente! Ir no correio pra quê? A gente sabe que o correio aqui anda sempre de pé quebrado, mas se inhô quiser, eu dou um jeito de ver se tem ou não telegrama.

— Ma como?

Gregório enterrou a pá na massa, foi até a porta da rua e assobiou na direção do Largo do Terreiro. Um negrinho de seus dez, doze anos, atendeu ao chamado, e Gregório lhe disse:

— Chiquinho vá no correio lá embaixo, e diga a Amâncio para ver se tem telegrama aqui pro inhô Gaetano Alfano, diga a ele que se tiver, lhe entregue, e você traz aqui.

— Mas seu Gregório — retrucou o menino — se tiver, como é que eu vou trazer? Tem que assinar o paper.

— Caminha seu diabo — você diga ao Amâncio que o homem que está aqui trabaiando é meu amigo e que mandei buscá. Vá e traga o papel que ele assina, e você volta lá pra entregar.

O menino deu de ombros e ia saindo quando Gregório alertou:

— Rápido como se rouba, viu, seu Chiquinho?

Meia hora depois, Gaetano abria um telegrama onde estava escrito: "Saudações. Espero que estejas bem. Trabalho em Santos findo. Muito desemprego. São Paulo fervilhando de imigrantes. Veja se pode arranjar algo por aí. Fratello Alfano Antonio."

Gaetano dobrou o telegrama e guardou-o em seu baú de ferramentas. No resto daquele dia, ele e Gregório concluíram o trabalho no pavilhão de aulas da escola e, a julgar pela última conversa que tivera com Orestes Sercelli, acabaria a empreitada naquela obra em breve. "Que fazer?", pensava ele. E Antonio desempregado em São Paulo, que fazer?

Ao cair da tarde, Oreste Sercelli veio ter com ele e confirmou suas suspeitas:

— É vero. O doutor Theodoro Sampaio vai entregar o prédio...

— Má e nói como ficamos?

— Non te preocupes Gaetano, eu já falei com o dotore Theodore, ele tem planos para ti. Assinou recentemente com a intendência o contrato das águas e saneamento e disse-me que precisará non de um bom pedreiro, mas de vários, e ferreiros também. Podes arranjar alguém em São Paulo?

Aquela pergunta ressoou alívio no coração do outro que lhe respondeu de pronto.

— Si posso. Arranjo bons operários.

— Veja biene Gaetano, gente qualificada.

— Si, operários de primeiríssima qualidade. Estarão aqui a hora que for preciso.

— Pois enton, logo mais à noite iremos a casa do dotore Teodoro e acertaremos as coisas.

A palestra com Theodoro Sampaio, entretanto, não fora tão proveitosa quanto Gaetano esperava. O engenheiro, apesar de ter grandes planos para as obras de saneamento decorrentes do contrato assinado em maio de 1905 com a Intendência, ainda não tinha condições de mandar vir os operários, pois o projeto passava ainda por calorosos debates no Conselho Municipal para ser aprovado. E assim, Gaetano e o misto de servente e cicerone Gregório foram aproveitados em várias pequenas obras do engenheiro espalhadas pela cidade. A referência de cicerone atribuída a Gregório, advinha do fato de que ele e Gaetano, como a dupla de acabamento mais rápida e eficiente de que dispunha Sampaio, gozavam de relativa folga — pois somente se faziam necessários na fase final de acabamentos ornamentais com massa, estuque ou gesso. Isso deu ensejo aos dois de perambular pelas ruas, recantos e arrabaldes da cidade de relevo tão ímpar. Em certa manhã abrasadora, Gaetano, que se alojara desde sua chegada em um pequeno sótão de uma pensão à rua Maciel de Cima, pôs-se a esperar o ajudante para juntos irem a uma nova obra na Cidade Baixa. Não seriam ainda oito horas, e lá estava Gaetano sentado em uma cadeira de palinha na sala da pensão. Enquanto esperava, Gaetano entregava-se às dolorosas recordações e procurava adivinhar sua sorte naquela nova cidade. Seus pensamentos e lembranças foram abaladas por um burburinho que num crescendo vinha da rua e ia aumentando junto com o calor do dia. Um forte grito de homem mercava:

— Acá! Bom e barato! Barateiro já chegou... Acá!!! Olha o acáaa!!!

Gaetano foi à janela para ver de que se tratava aquele pregão barulhento, no justo momento que Gregório ia chegando à pensão. Este, ao ver o interesse do outro, perguntou:

— Oh senhor Alfano, tá querendo comer acaçá?

— Olá, buongiorno Gregório, non, fiquei curioso porque em minha língua "acqua" lembra o som que aquele homem faz.

— Ácua? — perguntou Gregório sem entender que relação o outro fazia.

— Si, acqua que se bebe, se toma banho, se lava.

— Ahh... quer dizer água?

— Si, isto.

— Não. Acá quer dizer acaçá, um bolinho de arroz e milho. Veja, ali vem um aguadeiro, escute como ele merca — não demorou e ouviram de fato o vozeirão do negro puxando um jegue, carregado com quatro pequenos barris:

— Youu! É água, youuu!

— Ouviu? — perguntou Gregório.

— Sim, e me parece uma confuzione, toda questa gritaria de rua.

— É ter ouvidos, Sr. Gaetano. Na Bahia tudo se ouve, tudo se vê, mas falá? Ihh isso é que não... Aqui a gente sabe de tudo mais pelo ouvido... Escuta. — Outras vozes foram surgindo, e Gregório explicando:

— *Quem me benze! Quem me benze!*

— É bolo de milho inhô.

— *Está quentinho! Quen-ti-nhô....*

— Mingau.

— *São Francisco meu pai! Olha eu no beco!*

— Esse tá vendendo cuscuz na certa.

— *Vou me embora! Ainda está fresquinho!*

— Peixe e camarões.

– *Miou abadô!*
– Milho cozido.
Gaetano não se conteve ante a graça daquela figura de negro grisalho que do passeio lhe explicava essas coisas, tendo na mão direita o velho chapéu coco ornado com a pena de galinha e, embaixo do outro braço, a pequena marreta com o cabo rachado e remendado. Sorriu-lhe e disse:
– Espera! – Voltou à sala, vestiu o paletó, passou a mão no seu pequeno baú de ferramentas e no chapéu e foi ter com o outro.
– Onde é mesmo a tar obra?
Gaetano tirou um papel do bolso e leu o endereço que o mestre de obras de Theodoro Sampaio lhe dera no dia anterior.
– Recompor uns frisos da fachada do hotel das Nações, perto do mercado de Santa Bárbara.
– Pois então vamos andiamo, assim como diz o senhor... – Gregório falou sorrindo. Gaetano olhou para o outro que o observava com aquele sorriso tão fácil de marfim, e meio sem jeito devolveu a pilheria.
– Andiamo seu yoyô!
Desceram a rua Maciel de Cima, ganharam o largo do Pelourinho, rua do Taboão e sua extensão em forma de declive e foram à rua dos Droguistas. Gaetano, talvez pelas amigáveis advertências que a pouco Gregório lhe fizera, passou a observar melhor os hábitos e comportamentos daquela gente que o cercava. Observou que havia certa semelhança física e de cor em pequenos ajuntamentos de pessoas que via em alguns pontos. Sentiu também, em certos olhares, um ar de estranheza que se acentuava ante a constatação de que Gregório conversava animadamente com ele. Quando já iam saindo da rua dos Droguistas em direção à dos Ourives, um grande ruído de vidros se quebrando ressoou de uma das janelas daqueles casarões comerciais. Dali vozes altercavam.
– Vais a calar negra imunda!
– Não calo não, seu amarelo empapuçado!
– Vais a calar nest'hora mesmo. Ou t'a faço eu calar!
– Experimenta pra ver...

Krishnamurti Góes dos Anjos

Mais vidros se quebraram.
— Cala-te. Pois já queres começar o deboche? Vais a te dar mal sua mulata safada!

Gregório e outros transeuntes sorriram com os olhos, sem dar muita importância àquela trovoada verbal, e Gaetano assustado perguntou:
— Má que passa?
— Nada sério. É o mesmo de sempre. O português José e a negra Regina, a mulatinha mais bonita desta rua, que são amantes e vivem sempre neste arranca-rabo.
— Má como? Negro e mulato é a mesma coisa?
— Sabe inhô Gaetano, olhando assim para esse povo todo, parece que é tudo uma negrada só, não parece?
— Si, parece.
— Mas não é. Quase todos procura viver junto dos de sua terra;
— Como? Non capice.
— Vê aquele grupo que está ali naquele canto? Aqueles velhos trançando umas palhas? Aqueles são os que sobraram de uma das raças mais brabas que já andaram por aqui, são os hauçás. Já mais adiante há outros cantos...
— Cantos?
— Sim, canto é o lugar onde um grupo de africanos da mesma origem se reúne. Toda parte tem os cantos e seus donos. E eles obedecem a um chefe que é o capitão do canto. Para lá onde estamos indo, está o canto dos gurucins. Já os cantos dos nagôs estão na rua do Mercado, na rua do Comércio, do ladim dos Cobertos Grandes, na rua das Princesas e nas portas dos escritórios das firmas do porto. Já nessa misturada, tem os negros nascido no Brasil, como eu, que tive pai nagô e mãe mulata, assim como a Regina, que já vai outro tipo de misturada de preto com branco...

Estavam nessa conversa quando iam chegando no hotel das Nações. A recomposição da fachada já poderia ser iniciada, posto que o mestre de obras já providenciara os andaimes necessários, e os dois atacaram os frisos das janelas do andar mais alto. Seria, quando muito, um trabalho para dois dias aquele, durante os quais o hotel não deixaria de funcionar.

Ao entardecer do segundo dia, enquanto Gregório ao rés do chão ocupava-se com o ponto certo da argamassa de gesso, arames e fibras de sisal para fixação, Gaetano, trepado ao nível do segundo andar, ocupava-se em instalar a forma de folha de flandres que daria o acabamento final.

De uma das janelas à esquerda da que ele trabalhava naquele momento, provinham vozes. A princípio, absorto no trabalho, Gaetano não se dera conta do que falavam, porém ao concluir a instalação da forma, e ficar na paciente espera que Gregório lhe enviasse a massa na corda presa a uma polia, acabou prestando atenção ao que dois homens conversavam no interior do quarto do hotel. Uma das vozes dizia:

– Conta-me; o que tens lido ultimamente?

– Ah, meu dileto amigo, – respondeu o outro – estou em meio a um romance do senhor Graça Aranha. Tem o título de Canaã. É uma produção que data de 1902. Um verdadeiro sucesso literário, até hoje muito comentado no Rio.

– Verdade? Sobre o que versa?

– Trata-se de um painel de nossa terra e a urgente necessidade de povoá-la via imigração. Bem verdade que coloca o autor as mais amargas censuras ao homem brasileiro, mas censuras verdadeiras. Ouça este trecho que li há pouco: "aqui a raça não se distingue pela persistência de uma virtude conservadora; não há um fundo moral comum. Posso acrescentar mesmo, não há dois brasileiros iguais, sobre cada um de nós seria fútil erguer o quadro de virtudes e defeitos de comunhão. Onde está, mudando do ponto de vista, a nossa virtude social? Nem mesmo a bravura que é a mais rudimentar e instintiva, nós a temos com equilíbrio e consciência, e de modo superior. A valentia aqui é um impulso nervoso. Veja as nossas guerras de quanta covardia nos enchem de lembrança!", e mais adiante, veja você, "houve tempo em que se proclamava a nossa piedade, a nossa bondade. Coletivamente, como nação, somos tão maus, tão histericamente, inutilmente maus!"

Krishnamurti Góes dos Anjos

Gaetano ouvia aquelas palavras, algumas das quais não compreendidas perfeitamente, quando foi despertado pelos gritos de Gregório:
– Inhô Alfano. Ohh Inhô, segura a massa! A massa inhô! O inhô num tá ouvindo não? Segura a massa que eu já misturei no ponto certim. Vai precisar fazer mais mistura?
"Porca miséria!" – pensou Gaetano – "este diabo de negro não me deixa nem um minuto", e gritou para baixo com irritação na voz:
– Non, acabou-se per hoje!
No chão, Gregório murmurou baixinho:
– Ôche, retou-se.
E mais ou menos dessa forma, passavam-se os dias do operário italiano, até que numa manhã de setembro, o próprio Theodoro Sampaio mandou chamar Gaetano em seu escritório e lhe pediu enfim que mandasse chamar em São Paulo alguns operários, pois finalmente iriam começar as controvertidas obras de saneamento de Salvador. Pouco tempo depois, mais precisamente a 4 de novembro de 1907, às cinco horas da tarde, a dupla inseparável Gaetano e Gregório estava no prédio da Alfândega à espera da nova turma de operários italianos que, segundo telegrama recebido, deveria chegar naquele dia a bordo do vapor Santos.

No centro da imensa rotunda que circunda o prédio da Alfândega, havia uma espécie de ponte de madeira coberta que avançava sobre o mar e por ela passavam os passageiros que desembarcavam. Na saída dessa ponte, em uma mesa, dois funcionários da Inspetoria do Porto anotavam num grande livro os registros de entradas dos passageiros. Pouco atrás deste precário posto de registro, havia uma cerca de telas dividindo o ambiente e formando uma espécie de cubículo onde postavam-se aqueles que aguardavam os viajantes.

Não demorou e Gaetano voltou a ver rostos conhecidos. Primeiro divisou o jovem Luigi Beda, seguido por José Perrone, André Nocheira, José Polara, Torquatti Francisco, Serafim Nicolau, Antonio Marighella, Auguste Castiello e, por fim, o irmão Antonio Alfano. De pronto aconteceu uma algazarra de abraços e apertos de mãos que envolveu o grupo numa confraternização de reencontro. Confraternização que foi em parte refreada, porque chegara também à mesa de registro de passageiros, um grupo de sírios que não falavam o português. A tremenda confusão de palavras não compreendidas e a iminência de retorno para o navio quase degenera em bate-boca e violência, não fosse a solução encontrada por um dos portuários, que perguntou ao seu colega:

– Tem o carimbo do porto de origem aí nos passaportes?
– Tem, vieram da capital federal...
– Então deixe-os passar.
– Mas como vamos deixá-los passar se sequer entendemos esta língua que eles falam? O que vieram fazer aqui? Como vamos preencher os campos do livro destinados a nome, nacionalidade, idade, profissão e estado civil?
– Ora homem, deixe-se de besteiras. Essa gente não tem qualificação, devem ser mascates, anotamos o lugar para onde vão, hotel ou abrigo, ou pensão, e depois mandamos alguém lá apurar toda essa história. Escreva aí – e deu uma rápida olhada no grupo –, oito imigrantes árabes!

Essa atitude do inspetor liberal lhe foi recompensada com um olhar demorado, acompanhado do sorriso agradecido de uma jovem e bela síria...

III

Jornal Diário de Notícias – quarta-feira, 15 de julho de 1908.
A propaganda na Europa.

Da diretoria do serviço de propaganda e expansão do Brasil no estrangeiro, com sede em Paris, recebemos, há três dias, seis quadros demonstrativos dos imigrantes que têm embarcado em vários portos da Europa, com destino ao nosso país, por conta daquele serviço... Sobretudo saibamos escolher os imigrantes por suas profissões.

Artistas e trabalhadores do campo, principalmente agricultores, que nos venham ensinar o que sabem, aprendendo de nós o que o hábito das nossas terras nos fornece de útil. Não mais negociantes, que já os temos de sobra, não mais vendedores ambulantes ou mascates que, de tantos que são, já se vão constituindo um tormento para os transeuntes e um flagelo para o comércio estabelecido e fixo. De gente da lavoura, de gente acostumada a criar é que precisamos, principalmente. Gente que nos venha suprir de braços, que faltam nas serras e sertões nunca explorados, e nas várzeas, nas fazendas e nos engenhos outrora florescentes, surgidouros de grandes riquezas e fidalguias, e hoje reduzidos a tristes campos talados e incultos, e a humilíssimas taperas cobertas de matos daninhos, numa desoladora expressão de incúria, de desolação e de miséria, que tantas ruínas atestam por toda a parte!

– Pois; em três minutos te ponho ciente do ocorrido. Assim me contou o Cesare. Domenico viajou mesmo com o elenco do tal teatro de Oklahoma para os Estados Unidos da América junto com Cesare, os dois armando e desarmando cenários. Foram dar, logo nos primeiros meses, no Texas, estado vizinho a Oklahoma. Um dia, após a última sessão do teatro, ele e o Cesare foram tomar uns tragos em um bar próximo a um quartel. Sim, um quartel de negros. Lá, brancos e negros servem o exército em batalhões distintos. Nesse bar, entraram alguns soldados negros que, por um nada, começaram a discutir com o garçom branco que os atendia. Daí, um dos soldados sacou seu revólver e alvejou o garçom. Domenico, tu sabes, era homem de não se curvar a injustiças e investiu contra o militar que tinha atirado. Resultado: levou um tiro bem no olho e tombou morto também.

– Má como Dio mio? Assim sem mais nem menos? E ninguém fez nada? Naquela terra não há justiça?

– Si, há justiça, lá ao modo deles, mas há. O caso teve tamanha ripercussione que o presidente Theodore Roosevelt, em virtude de non aparecer um culpado entre os soldados negros, mandou demitir três companhias do forte. De uma só vez botaram para fora 160 soldados.

– Má assim, sem apurar quem foi o assassino?

– Te dico, non apareceu o autor dos disparos, por mais que se buscasse. A imprensa gritou pra lá, gritou pra cá, perguntando se a um tan grande número de soldados brancos teria sido dispensado o mesmo tratamento, mas, foi assim. Cesare, depois disso quase ficou varrido das ideias, deixou o teatro e esteve por algum tempo vagando, na dúvida se ia se empregar em alguma vinícola de patrícios na Califórnia, ou se tornava à Itália. Por fim, entendeu de voltar para o Brasil e hoje labora lá em São Paulo para a casa de Paschoal Bianco...

– Que desgraça... Maledettos tutti quanti!

– Si Gaetano, una desgraça... Vou ao reservado, biene, aspetta un momento...

Este diálogo estava sendo travado pelos irmãos Alfano, alguns dias após a chegada de Antonio, em uma taverna situada na parte baixa da cidade, no intervalo destinado ao almoço. Antonio fora ao reservado e deixou à mesa o irmão, melancólico com a infelicidade de Domenico.

Cuidando que os circunstantes não vissem umas insistentes lágrimas que lhe brotavam, Gaetano passou furtivamente nos olhos as costas da mão e procurou desviar os pensamentos tristes. Naquela taverna cheia de homens, "coisa estranha no Brasil", Gaetano pensou. Com que facilidade se juntavam pessoas das mais variadas classes e cores... Assim foi que, ao lado da pequena mesa com tampo de mármore branco onde ele aguardava Antonio, dois homens distintamente trajados conversavam sobre a produção de açúcar, que Gaetano julgava ser a inesgotável fonte de divisa do Estado. Um deles dizia desolado:

– Qual o quê? Desde 1902 se procura uma saída. Desde 1902 conselheiro, quando fizeram aqui a tal conferência açucareira do Brasil que o governo deliberou em delegar poderes à Sociedade Nacional da Agricultura para formar uma comissão com vistas a estudar em Java, em Cuba e nas Antilhas os mais adiantados processos de cultura da cana, da fabricação de açúcar e de álcool e nada. Até hoje nada de comissão, nada de estudos, nada de porcaria nenhuma! As nossas usinas estão caindo aos pedaços...

– Mas meu caro – ponderou o outro homem – enquanto limpava com um lenço seu monóculo – tem havido e haverá cada vez mais subsídios aos plantadores. A coisa melhora com...

– Melhora nada. Sem governo federal não vai. Apoio tiveram e vão ter cada vez mais, os mineiros e os paulistas que há mais de dois anos fizeram lá o tal do convênio Taubaté lhes garantindo não só o escoamento da produção como bons preços. Nós estamos assistindo na Bahia a mais completa perda de prestígio. A mais completa quebradeira.

– Araújo Pinho! – exclamou seu interlocutor como se proferisse o coro de uma ladainha religiosa – esta é a esperança. Até 1912 certamente haverá um retrocesso nessa tendência. Tenho esperanças – levantou-se apoiando o obeso corpo numa bengala – Tenho esperanças...

E os dois homens deixaram a taverna.

Com o retorno de Antonio, os irmãos puseram-se a conversar sobre as possibilidades que teriam de trabalho com o contrato dos esgotos. Eles alugaram um casarão à rua Conselheiro Almeida Couto em Nazaré, onde já estavam instalados os oito operários italianos vindos com Antonio. A extensão e o volume de obras a executar exigia que mais operários qualificados fossem importados. Importação que, assim presumiam, se daria via São Paulo, pois, além da relativa proximidade em relação à Bahia, mão de obra não faltava.

★

Pouco mais de dois meses após a chegada de Antonio, vamos encontrar o pequeno grupo de italianos em uma abrasadora manhã trabalhando no prédio da Bolandeira – espécie de estação de tratamento de águas – juntamente com Gregório e outros italianos metalúrgicos a proceder à montagem de bombas de recalque, de fabricação inglesa. No meio da manhã, o encarregado das obras, engenheiro Paes Leme, ordenou que paralisassem os trabalhos e fossem se juntar a uma turma que trabalhava na rua Carlos Gomes onde era preciso adiantar um trecho de tubulação de esgotos que a intendência pretendia inaugurar em breve. Os italianos juntaram-se à outra turma de brasileiros, com ordem de concluir um trecho de trezentos metros de tubulação em três dias.

– Tre giorni! – bradava Antonio irritado – Non sarà possibile effettuare un servizio del genere in soli tre giorni!

– Paciência Antonio, tenha paciência – dizia Gaetano tentando acalmar o irmão – são apenas três dias...

Três dias que valeram uma semana de trabalho intenso. Brasileiros e italianos quase ficaram estropiados de tanto labor sob o sol inclemente. Arrombando calçamentos, escavando o solo, interligando manilhas num esforço que não separava categorias ou cores. Era uma corrida contra o tempo. No fim do terceiro dia, já com o serviço praticamente concluído, Antonio, Gaetano e José Polara estavam no interior de uma vala a conectar as últimas manilhas de barro vidrado quando dois indivíduos que andavam na rua começaram a discutir. Um deles dizia:

— Pois então vejamos se vai haver ou não a construção do porto.

Ao que o outro retrucou:

— Não é do interesse de vocês trapicheiros que haja porto não é mesmo? Mas essa regalia vai se acabar. Achas mesmo que vamos ficar eternamente na dependência daqueles seus armazéns sórdidos? Com suas taxas exorbitantes? Súcia de ladrões é o que vocês são!

O outro homem ainda mais exaltado respondeu:

— Você está me ofendendo seu... seu... — e ia proferindo alguma ofensa, não fosse o gesto rápido do outro que apontou-lhe uma pistola.

— Diga, canalha. Seu o quê? Diga pra ver se não lhe meto uma bala na boca.

Diante da mira da arma, a resposta soou amena e trêmula.

— Ora, homem, eu... eu não queria ofendê-lo, por Deus, não foi essa a minha intenção...

O outro limitou-se a resmungar enquanto punha a arma na cintura e seguiu seu caminho. Aquele que por pouco escapara da morte, deixou-se estar bem ao lado da vala cavada e, num tardio rompante de fúria, deu um tremendo pontapé no monte de terra que ali jazia para o reaterro da vala. E a terra foi bater em cheio no rosto de José Polara que enfurecido esbravejou:

— Che uomo stupido!

— Ora, vá cuidar do seu trabalho, seu verme nojento, carcamano, volta-te para a terra, seu negro imundo.

— Sei uno stupido! Ouviste Gaetano de que questo animale estai a dizer?! - E Polara misturava nervosamente o italiano com o português, ao tempo em que largando sua pá ia saindo da vala em direção ao homem.

— Negro sim! Negro aqui é preto e branco pobre também se vosmecê quer saber.

— Má stai attento que ti rompo la faccia!

Nesse ínterim, Antonio e Gaetano se interpunham entre os dois a fim de evitar que se atracassem ali mesmo. E os impropérios continuaram:
— Figlio d'um cane sozzaglione, che non sei altro!
— Filho da puta!
— Ai que me larga Antonio, que mato esse miserável!
— Bandido! Pelintra! Flibusteiro! — Xingava o agressor livremente, pois o italiano já ia sendo afastado pelos irmãos Alfano quando viram Gregório dar uma tremenda e certeira rasteira de capoeirista no homem. Gregório pôs-se de pé numa velocidade espantosa e disse ao sujeito:
— Vai-te embora home. Vai-te embora que nós num qué baruio não. Oi que depois de queda vem coice...
O homem se levantou limpando a terra que se grudara nas calças, e a rápidos passos emborcou ladeira da Montanha abaixo. E assim os trabalhos prosseguiam com uma série de entraves e suspensões periódicas. Certa manhã ocorreu de o caminhamento da tubulação de esgotamento sanitário que iria passar na rua de São Pedro ter que adentrar os jardins de um sobrado, e, por força de ordem judicial, os trabalhos foram suspensos por vários dias. Por ali não passava, gritava o dono do casarão aos operários atônitos.
— Por aqui não passa! – vociferava ele –, pois se não for com a política de José Marcelino, fico com a de Seabra mesmo e também não passa!
Era a força da "influência política" que proferia tais berros. A força do Barão da Natividade. Ex-Barão, é verdade, mas ainda, muito, muito influente.

★

Em meio às inúmeras paralisações do serviço, deu na imprensa:
"ACUSAÇÕES INJUSTAS
Examinadas as manilhas de barro vidrado que se acham em depósito no trapiche Vitória, importadas para o sanea-

mento desta capital, presente o engenheiro Theodoro Sampaio, submetemos este material às provas de resistência, por pressão interior e de permeabilidade, as mais necessárias para bem julgá-lo, obtendo os seguintes resultados [laudo cheio de termos técnicos]... Concluiu-se que: baqueiam as insinuações malévolas dos acérrimos inimigos do saneamento desta capital e mais uma vez se desfaz uma maledicência do Diário de Notícias dentre as muitas que lhe têm sido armas repugnantes na campanha inglória que tem movido, debalde, contra a ombridade e competência de nossos dignos poderes municipais."

Esta notícia foi lida uma noite, na casa em que estavam morando os dez italianos, sem receber há oito semanas um só vintém. E começaram uma discussão acalorada, uma gritaria em que se dividiam os partidários de deixarem a cidade imediatamente, e os que eram por aguardar mais, para ver se as coisas entravam nos eixos. Os berros soavam na madrugada:

– Fai la finita! Dio cane, non si puó vivere em questa citá!

Outros gritavam ainda:

– Vigliacchi, maledêtti!

E outros, encharcados de ideologia anarquista berravam:

– Faarabuti, tutti quanti! Quando la forza e la ragione contrasta, vince la forza, la ragione non basta! La cosa giusta da fare era andare in quel magazzino e rompere tutti i tutti!!!

Tradução livre da última fala:

"Canalhas! Quando a força e a razão entram em conflito, a força vence, e a razão não basta! O certo era entrar naquele armazém e quebrar todos os canos!!!"

O resultado de toda essa exaltação foi publicado na seção "A pedidos" do outro dia, justo no Diário de Notícias de 07 de janeiro de 1908:

"QUEIXAS DO POVO
ITALIANOS TURBULENTOS
Moradores à rua Conselheiro Almeida Couto pedem-nos que chamemos a atenção da autoridade policial de Nazaré, para uns italianos residentes à casa número 42, os quais se por-

tam inconvenientemente proferindo palavras e promovendo constantes distúrbios altas da noite."

★

"E isto era o menos; o mais era que com pouco se enfadaria, e se não pudesse vir logo para casa, ficaria adoentada o resto do tempo. Note-se que, estando na ilha, teria o mar em volta, e o mar era um dos seus encantos; mas se lhe lembrasse o mar, e se consolasse com a esperança de o mirar, advertiria também que a noite escura tolheria a consolação. Que multidão de pendências na vida leitor! Umas coisas nascem das outras, enroscam-se, desatam-se, confundem-se, perdem-se, e o tempo vai andando sem se perder a si."

Este foi o último trecho que a senhora Amélia pode ler para a abatida Servilia antes que esta lhe pedisse:

— Scusi senhora Amélia, sou-lhe grata per sua atenzione, mas estou muito exausta, prefiro tentar dormir um pouco se não se importa...

— Oh, mas claro! Durma, lhe fará bem depois desse enjoo que lhe causa a viagem. Quem não está acostumado com esse balanço do navio enjoa mesmo. Olhe, antes de lhe desejar boa noite, peço-lhe que guarde na memória que estamos no capítulo Terpsicore do livro *Esaú e Jacó*, essa pérola da literatura brasileira do nosso Machado de Assis que infelizmente faleceu há pouco. Quando estiver em terra e quiser continuar a leitura, recomeça desse ponto de onde paramos...

Amélia se despediu da amiga e fechou a porta do camarote. No convés superior do vapor inglês Astúrias, Carmine Alfano no bar do navio sorvia pensativamente uma taça de vinho: "Terá sido uma ideia acertada transferir a fábrica de São Paulo para Salvador? Será que Servilia não está mesmo com razão ao se opor a essa decisão que tomei? A transferência, logo agora que a fábrica já estava instalada depois de tanto sacrifício, e começando a dar os primeiros frutos..., mas, por Deus, eu não posso deixar Antonio e Gaetano abandonados ao léu da sorte, sem emprego, sem receber salários, com aluguéis atrasados, o que seria de meus irmãos? Vão cair na mendicância? Não, isto não, jamais! Ademais pelo que andei me informando, não existem ainda fábricas de camas de ferro em Salvador... ao contrário de São Paulo. Talvez haja até uma melhor condição para comercializar em Salvador..."

Estes pensamentos de Carmine foram interrompidos por um leve cumprimento feito por Antonio Dimas, outro passageiro do Astúrias, que o saudou:

– Olá senhor Alfano, estás pensativo? Sabe, parece que nossas esposas se afeiçoaram mesmo; pouco antes de subir aqui no bar, deixei Amélia a ler um romance para a senhora Servilia... coisa de mulheres, o senhor sabe...

– Oh, é vero?

– Sim, deixei as duas lá em seu camarote, muito sérias, compenetradas em ler aquelas alegorias.

– Ah, mas fará bem à Servilia, uma distraçon, ela enjoou muito na viagem, felizmente já estamos próximos da chegada, não? Ademais anda muito preocupada com os meus negócios...

– Ora, não há porque se preocupar, eu mesmo já disse à sua senhora que na Bahia não existe essa novidade de camas metálicas. É certo que seu negócio será muito próspero... certamente.

Os dois homens puseram-se a conversar animadamente até que, por volta das dezenove horas, o comandante do Astúrias, acompanhado de um oficial imediato, entrou no bar e polidamente dirigiu-se a eles:

– Senhores, sugiro que se recolham aos seus camarotes, pois teremos pela frente ainda algumas horas, antes de chegarmos à Bahia. Tudo indica que está se formando alguma pequena alteração nas condições climáticas e é quase certo de que teremos alguma chuva pela frente... Hoje como sabem, tivemos um pequeno atraso para conserto de maquinário, mas logo chegaremos a nosso destino...

Mal o comandante pronunciou essas palavras, uma lufada de vento passou pelas escotilhas e apagou um dos bicos de gás que iluminavam o ambiente. Isto fez com que se apressassem em deixar o ambiente. Seguiu-se um estrondo ensurdecedor de trovoada. E então a chuva começou a cair forte sobre o navio. No convés os marinheiros apressavam-se a cumprir as ordens de um oficial que berrava: Amarrem aqueles caixotes, reforcem os cabos daquele volume, emborcar os botes, fechar escotilhas! E a chuva engrossando continuava a adensar-se soprada por um vento que rugia ameaçador. Ondas cada vez maiores jogavam água na amurada e quando Carmine abriu a porta do camarote, encontrou a esposa aflita, ajoelhada a rezar:

— Ave Maria, gratia plena, il signore é com te, Benedetta tu fra le donne, a tutte l'ore Benedetto il fruto e il fiore, del tuo ventre, Maria!

— Ma che ai Servilia? — perguntou espantado Carmine.

— Oh Carmine que será de nós? Se questo barco afunda? Dio mio! pra que fomo fazere questa viagem?

— Que afunda que nada. É só uma chuvinha de nada, acalma-te que já passa...

Contudo, em seu íntimo, ele intuía que a tempestade seria mesmo violenta porque grandes ondas continuavam a rugir sob a quilha do Asturias, tornando cada vez mais difícil as manobras do navio. Uma vaga pegou-o em cheio fazendo-o adernar perigosamente para a direita, e os objetos no camarote foram varridos de um lado para outro. Confundiam-se em meio ao temporal os gritos dos marinheiros, apitos, trovões e o grande alarido dos passageiros, sobretudo os da terceira classe acomodados nos porões inferiores. O ímpeto do mar com suas ondas colossais ameaçava partir o navio ao meio, e a tempestade durou cerca de meia hora, até que foi dispersando-se. A chuva forte diminuiu para um leve chuvisco, a ventania ia se tornando leve aragem e afinal, a lua cheia, entre uma nuvem e outra, voltou a cintilar nos céus. E dessa ambiência escura, húmida e fria é que os navegantes começaram a divisar as luzes da misteriosa cidade da Bahia. Entretanto, um último e aterrador susto. O forte de São Marcelo, à entrada da baía, fez um disparo de canhão com pólvora seca, advertindo ao comandante do navio que dado o avançado da hora, não seria permitido o desembarque naquela noite.

★

Devidamente acomodados em um dos quartos do vetusto casarão da rua Conselheiro Almeida Couto, Servilia e Carmine começaram a tomar providências para a instalação da fábrica de camas de ferro. Por outro lado, as obras de saneamento foram definitivamente paralisadas. Parte dos operários, decepcionados, resolveu voltar para a Europa e pior, com os bolsos vazios. Quinze dias depois daquela tempestade que recepcionou Carmine, os três irmãos estavam no porto para desembarcar e transportar o maquinário que Capociana Carlos, ex-sócio de Carmine, embarcara em Santos. E foi nessa expectativa, e de uma hora para outra, que viram as ruas serem tomada por um burburinho de populares com semblantes carregados e que se dirigiam ao Cais do Ouro onde, segundo notícias desencontradas, um cego havia sido atropelado por um bonde elétrico. A implantação da linha de bondes no bairro da Praia vinha ameaçar uma estrutura de há muito estabelecida, de inúmeros atracadouros da região portuária. Interesses de carroceiros, cocheiros, e até mesmo dos grupos organizados de carregadores vinham sendo obrigados a seguir posturas da intendência regulamentando o trânsito de cargas e pessoas.

De todos os lados, das esquinas, das portas de escritórios, tabernas, restaurantes e lojas partiam gritos de "Mataram José Sol!", "Vira esse bonde!", "Vira!", "Queima! Queima!"

A maior parte dos revoltosos era composta por saveiristas, carregadores e carroceiros que de todos os pontos corriam até o local onde o engenheiro Mitchel, da companhia Tramway Light and Power, tentava, de arma em punho, remover o cadáver do infeliz cego. A princípio o povo enfurecido apedrejou o trolley nº 1 e partiu para incendiar o bonde 43. A polícia investiu contra os revoltosos e o motim propagou-se e se generalizou por várias ruas do bairro. O resultado dessa explosão de revolta foi um quebra-quebra generalizado que durou três dias, com tiroteios, pauladas e pancadarias. Destruiu vários combustores de iluminação pública, tombaram postes, vidraças foram apedrejadas e oito bondes foram incendiados. Um deles inclusive atirado ao mar pela população enfurecida.

"Bahia, 07 de outubro de 1909.

Respondo sem demora ao telegrama de V. Exa., informando que a ordem pública está completamente estabelecida. A cidade voltou hoje aos labores ordinários, não obstante, estão dadas todas as providências, para prevenir qualquer incidente anormal.

Amanhã a companhia de bondes restabelecerá o tráfego conforme combinado com o Intendente municipal e o chefe de polícia que continua a guardar os edifícios da usina, gasômetro, estação e escritórios da companhia.

Os lamentáveis fatos ocorridos foram a explosão de antigos protestos, queixas e desgostos contra as irregularidades do serviço, imprudência, abuso e imperícia do pessoal que vem, de há muito, se acumulando no espírito público e de que tem sido órgão a imprensa local.

O esmagamento brutal de um pobre cego por um carro, cujo motorneiro dificilmente escapou de ser linchado, e a atitude imprudente do engenheiro Mitchel deram ensejo às cenas no momento irreprimíveis, que não assumiram proporções muito mais graves nos seus resultados, graças ao critério e prudência da polícia.

Diante da multidão enorme de amotinados, no auge da exaltação e fúria, o emprego da força armada seria contraproducente. A polícia, entretanto, por meios suasórios, acudia a todos os pontos para evitar linchamentos iminentes como o do motorneiro e do engenheiro Mitchel, cujas vidas foram garantidas. E para conter a sanha da destruição de veículos e frustrar novos planos de ataque à propriedade da empresa e pessoas dos seus representantes, conseguiu evitar a danificação dos maquinismos da Usina e Gasômetro que estão intactos. A polícia agiu com firmeza e prudência, evitando conflagração de funestíssimas consequências.

Krishnamurti Góes dos Anjos

A dificuldade ou impossibilidade de conter, de pronto, um movimento inopinado e irresistível como este, imaginará V. Exa., pelo que ocorreu com a Companhia Light, nesta capital, onde o governo somente após três dias pôde restabelecer a ordem, apesar dos numerosos recursos de que dispõe no Exército, Marinha, Polícia e Corpo de Bombeiros.

Asseguro a V. Exa., que o governo continua atento para evitar possíveis danos à empresa, cuja propriedade está completamente garantida.

Ninguém mais do que eu lamenta tais imprevistos e impossíveis de imediata repressão.

A cidade está em completa paz.

Saudações – Araújo Pinho, Governador da Bahia."

★

Dias depois, Gaetano, após uma manhã estafante nas obras para instalação da fábrica de camas de ferro, sentou-se após o almoço em uma cadeira, e leu a notícia de primeira página do jornal A Bahia comentando as "cenas vandálicas" de que foram teatro a zona. O artigo do jornal concluía com:

"Crioulos retintos, reluzentes de suor, agitavam braços musculosos, estava solta nos ares, como nota elétrica, a faina destruidora. O povo como que havia enlouquecido. Era preciso quebrar, estraçalhar."

Foi então que ele se lembrou do que o professor Egas Muniz lhe dissera há mais de dois anos quando desembarcaram na cidade da Bahia: "Uma terra abarrotada de revolta e resignação, meu caro.

IV

Diário de Notícias – sexta-feira, 22 de outubro de 1909
Conflitos e garrafadas

*Na terça-feira, às 11 horas da noite, na pastelaria Bouças, deu-
-se um conflito promovido por ex-praças de cavalaria de polícia de
nomes Benício e João Francisco, havendo um tiroteio de garrafas,
cujos pedaços foram conduzidos para a estação da Sé.*

*Os referidos ex-praças foram presos e o Sr. Major Justiniano
Augusto Bomfim, subdelegado da Sé, abriu rigoroso inquérito e
mandou intimar o espanhol proprietário da pastelaria à fiel execução da postura municipal que manda fechar à meia noite, sob pena
de ser punido rigorosamente.*

— É a fiel execução das leis do município, Sr. Alfano. E acho mesmo que a carga tributária podia ser mais amigável..., mas afinal, acabamos nos adaptando... o pagamento de impostos não é lei lá em seu país?

— Si, evidente — respondeu Carmine — Má qui é demais. Para estabelecer essa pequena fábrica tivemos e teremos ainda que pagar impostos sobre a renda, taxas judiciárias, impostos de selo, estampilhas, cartórios, taxas e mais taxas!

— Mas eu lhe digo. Há anos que eu mesmo auxilio o Sr. Antônio Borges neste Almanaque do Estado da Bahia e posso lhe afiançar. Em 1900 estavam estabelecidos nesta cidade apenas onze comerciantes italianos. Hoje que já estamos cadastrando para a edição de 1910, já temos só de italianos estabelecidos... deixe-me ver... cinquenta e sete! E todos estão conseguindo pagar seus impostos e sempre sobra algum para a propaganda, que é a alma do negócio...

— Quanto me custará este anúncio no seu almanaque?

— Somente dois mil e quinhentos réis. Senhor... veja, o verdadeiro leque de empresas, multicolorido de esperanças que se abre nessa cidade que se moderniza a olhos vistos. Veja! Somente esta semana, confirmaram anúncios: os Prealle com sua fábrica de gelo, os Ferraro com fábrica de tijolos, os Datto com fábrica a vapor de moer café, os Gallo com relojoaria, Olivieri que é agente e representante, Martelli com oficina de carros, Albertazzi e Cia com fábrica de moer cereais, Fratelli Vita com fábrica de licores, Egídio Perrone fabricando macarrão, Vito Furiatti com fábrica de espelhos, os Bartilotti com comissões e consignações e...

— Si, basta! Chega! Sei, conheço todos os outros — interrompeu Carmine impaciente. — Pode anunciar nosso nome e passe semana que vem para receber o soldi, digo, o dinheiro.

E acompanhou o representante do Almanaque da Bahia até a porta, de onde ficou pensativo a calcular se, com tanto imposto a pagar, ainda teria algum com que pagar a propaganda. Da porta Carmine observou passar na rua um mascate árabe acompanhado por um moleque preto que carregava na cabeça uma grande mala. O mercador ia reclamando:

– Bamos com ista, seu Manuel. Tu andas com esta porgaria! A gasa brezisa de home adiva. A gasa brezisa de home adiva!

V

Diário de Notícias – sábado, 29 de janeiro de 1910
Desordens

  Hoje, cerca de dez e meia horas da manhã, um árabe de nome Abylio Jacintho, residente à rua das Capelas número 8, armado de cacete, espancou em pleno dia e em presença de grande número de pessoas, a um tal de Manoel da Silva Junior, residente à ladeira do Taboão número 23. O fato foi levado ao conhecimento do Dr. Delegado da Sé, que providenciou a respeito, mais tarde.

No monótono balanço do vagão de passageiros do trem da State of Bahia western railway Company Limited, Carmine fazia a contabilidade mental dos créditos e débitos que a fábrica de camas lhe ia proporcionando. "As coisas agora entram nos eixos", pensava ele. "Gaetano e Antonio trabalhando comigo... Gaetano tem lá suas maluquices de anarquista, mas é trabalhador; Antonio me preocupa um pouco, porque assim com a Servilia, parece não ter se adaptado bem à terra. Vive pelos cantos, e quando abre a boca é para falar da nossa saudosa Itália e a afirmar a todo momento que esta terra não tem futuro, nunca terá. Não entende ele que precisamos trabalhar e trabalhar, que adiante teremos dias melhores. Esse mês já as encomendas se avolumam. 50 camas de ferro para o asilo de loucos. Mas trinta para um internato. Haveremos de conseguir. Acerto com o amigo Gualberto aqui em Santo Amaro, um carregamento extra de feno e algodão para os colchões e travesseiros, pago o último lote, e volto correndo na esperança de que a carga dos perfis de aço, os arames e as molas já tenham chegado ao porto. Tomara que o Gregório tenha encontrado auxílio com o tal do primo dele para a descarga imediata no porto."

O apito da locomotiva e grossos rolos de fumaça trouxeram Carmine para a chegada à estação onde, conforme telegrama trocado com o amigo João Gualberto, uma charrete o aguardava para levá-lo ao engenho do amigo.

A recepção no engenho foi como das poucas vezes em que ali estivera, mais cordial do que propriamente comercial. João Gualberto e dona Maria Fernandes, sua esposa, além da presença do amigo que muito lhes agradava, estavam radiantes com o nascimento há alguns anos da única filha, depois de longos tempos sem conseguirem gerar filhos. O fazendeiro o recebeu saudando-o efusivamente:

– Bons ventos o tragam, amigo Alfano, sua presença nos agrada muito, e é também sinal de novos negócios.

– Grati, amigo João. Si. Venho propor-lhe mais negócios. É vero.

— Sua chegada é em boa hora, começamos a moagem da cana, e será excelente oportunidade para lhe mostrar a casa grande do engenho enquanto conversamos.

— Si. Vá biene, todavia não disponho de muito tempo, tenho que voltar para saber de um desembarque de material no porto.

— Acalma-te, homem, mesmo porque, só haverá composição de retorno para lá amanhã. Hás de passar a noite conosco. Vamos. Já mandei selar teu cavalo. Um puro sangue que ainda me dou o direito de criar nessa joça de engenho decadente.

— Decadente?

— As coisas não vão bem, meu amigo. O preço do açúcar vem caindo muito, são imensas as dificuldades de reposição e modernização das moendas, o plantio de algodão que comecei há pouco como alternativa, ainda não deu grandes resultados, e para agravar a situação temos grande falta de mão de obra... bem você sabe, há mais de vinte anos que soltaram os pretos! Vá lá, você me perdoe, mas essas coisas modernas de abolição, não sei de que invencionice de igualdade, são patranhas, são cantigas. É chover no molhado como dizia meu avô: preto precisa de couro e ferro como precisa de angu e baeta! Quando eu tinha a sua idade, meu amigo, quando tinha meus trinta e poucos anos, é que dava gosto de se ver isto aqui. Todo mundo trabalhava e a gente ganhava dinheiro, muito mesmo. Hoje taí. A mais completa decadência. E nós de pé e mãos atadas... a mão de obra dos pretos sumiu, foram para as capitais. Imigrantes que queiram trabalhar a terra não chegam... e é isto!

Ao ouvir esta declaração retrógrada do fazendeiro, Carmine teve ímpetos de responder que imigrantes não faltavam para trabalhar nas terras, o problema é que não se submetiam a serem tratados como escravos, como os senhores de engenho se habituaram a tratar os escravos por séculos a fio. Mas ponderou a tempo que não seria resposta conveniente dadas as condições, e preferiu perguntar simplesmente:

— Onde estão as bestas?

— Como? – inquiriu o outro.

– Os cavalos onde estão?
– Por aqui, meu amigo, por aqui...

Carmine cavalgou ao lado do senhor de engenho e, do alto do platô onde ficava a casa grande, pôde ver o avanço do corte na plantação de cana. Viu pequenas formigas pretas que, usando roupas coloridas, decepavam ritmicamente a cana para a moagem. E todo o dia passaram os dois inspecionando os trabalhos e tratando de negócios. O italiano aprendeu que um alqueire agrário no Brasi tem cem braças por cinquenta; que uma carrada de canas boas produz cinco arrobas de açúcar e até aprendeu a calcular a quantidade que quatro tarefas de cana produziam de aguardente. E João Gualberto ficou sabendo que as camas patentes que Alfano produzia eram montadas em perfis de aço, onde repousavam colchões com enchimento de algodão e não mais feno ou penas como se fazia até bem pouco tempo, porque eram mais higiênicos e não produziam insetos. E soube afinal que Alfano cogitava inovar utilizando na estrutura dos colchões molas cônicas junto com feltro e algodão para torná-los mais confortáveis.

Este e outros "aprendizados" mútuos mantiveram os dois até o entardecer. Exaustos, retornaram à casa grande e entregaram-se a um farto jantar servido por mucamas. Após o charuto de costume, recolheram-se e, pela manhã, enquanto Carmine, no alpendre da casa, aguardava o retorno de seu amigo que fora dar uns "providenciamentos" na labuta do açúcar, viu passar correndo no gramado abaixo, seguida por uma negra, uma garotinha de sedosos cabelos negros. Tal uma índia dos trópicos. Encantado, deixou-se ficar observando aquele jogo divertido de corre-corre em que as duas se entretiam, até que uma voz feminina às suas costas perguntou:

– Observando a brincadeira, senhor Alfano?

Ele virou-se, e dona Maria Fernandes continuou:

– O senhor e meu marido deixaram-se ficar o dia todo ontem no corte da cana que nem teve tempo de conhecer nossa estimada filha Raquel...

– Si. É verdade.

– Mas não faltará oportunidade de conhecê-la, senhor Alfano.
– Si, senhora, non faltará.

VI

Diário de Notícias – quinta-feira, 26 de Janeiro de 1911
Turbulento costumaz

Vaga há dias pelo distrito da Sé, um súdito inglês constantemente embriagado, e que tem promovido diversos distúrbios, como fossem no restaurante Minerva, no armazém Passo da Pátria e, ultimamente, na rua do Colégio, em casa de uma horizontal[2].

Este indivíduo depois de desfeitear a tal mulher, atirou-a pela escada abaixo. Há dias, agrediu, na rua da Misericórdia, o escrivão dos feitos municipais. Ontem, à tarde, armado de navalha, agrediu diversas pessoas que passavam na rua do Colégio, sendo mais uma vez preso e recolhido ao posto policial da Sé.

---

2. Horizontal – prostituta.

Façamos aqui um parênteses que nos ajudará a entender melhor certa conversa travada entre o chefe da firma Alfano & Cia., Carmine, e um misterioso senhor João, e quem sabe assim, levantemos uma pontinha do véu que encobre este crime do Caminho Novo.

Juliem Sorel, personagem de Stendhal em *O vermelho e o negro*, registrou: "aqui o autor desejaria colocar uma página de reticências. Isto ficaria sem graça – disse o editor –, e num escrito assim tão frívolo a falta de graça mataria tudo.

– A política – respondeu-lhe o autor – é uma pedra amarrada ao pescoço da literatura, e que em menos de seis meses a submerge, a política no meio dos interesses da imaginação é como um tiro no meio de um concerto. É um ruído que é cruel sem ser enérgico. Não harmoniza com o som de nenhum instrumento. Essa política irá ofender mortalmente metade dos leitores, e aborrecer a outra, que a viu de uma forma muito mais interessante e enérgica nos jornais da manhã..."

Os jornais baianos não registraram os bastidores da tal política provinciana, quase nunca. A politicalha local sempre foi uma "briga de brancos" ... Os chamados "chefes" políticos sempre tiveram profundas raízes monárquicas e eram fiéis representantes das classes agro comerciais. Política no Brasil sempre foi sinônimo de personalismo – entendido como uma instituição composta por um conjunto de quase-parâmetros, quais sejam, redes de parentesco, grau de influência política, acesso a privilégios e reserva de mercado. O povo sempre entrava nessa conta como vaga alegoria. Dividiam-se os grupelhos baianos: José Marcelino não ia com os cornos de Severino Vieira, que não gostava de Araújo Pinho, que odiava J.J. Seabra que, por sua vez, não amava a ninguém. Pronto! Toda essa patifaria política acontecendo bem ao largo de qualquer participação da sociedade.

José Joaquim Seabra (que fora ministro da Agricultura, Indústria e Comércio do todo poderoso Presidente Marechal Hermes da Fonseca, 1910 a 1914), na rivalidade entre as classes personalísticas, parecia levar vantagem, pois tinha a seu lado a tal política das "Salvações nacionais" do governo Federal que, num primeiro momento, vinha dando combate às oligarquias regionais como já o haviam feito em 1911 em Pernambuco. Os acontecimentos políticos conflituosos iam preparando terreno para o plano de conquista de poder idealizado por Seabra e seus seguidores. Porém esses embates pelo poder têm certa trajetória que, por mais que se mude de direção, nos deixa entrever quem verdadeiramente está por trás dos acontecimentos e com que propósitos.

Voltando ainda mais alguns anos no tempo, vamos encontrar monsieur J.J. Seabra como ministro da Justiça (governo Francisco de Paula Rodrigues – 1902/1906), dando ampla cobertura à ação decidida e, até certo ponto, arbitrária de Oswaldo Cruz e Francisco Pereira Passos no saneamento e reforma do Rio de Janeiro, então capital Federal.

Recorrendo às Memórias do Escrivão Isaías Caminha de Lima Barreto, encontramos referência à mentalidade que se delineava naqueles anos: "A Argentina não nos devia vencer, o Rio de Janeiro não podia continuar a ser uma estação de carvão, enquanto Buenos Aires era uma verdadeira capital europeia. Como é que não tínhamos largas avenidas, passeios de carruagens, hotéis de casaca, clubes de jogos?"... "Que são dez ou vinte mil contos que o estado gaste! Em menos de cinco anos, só com a visita de estrangeiros, esse capital é recuperado... Há cidade no mundo com tantas belezas naturais como esta? Qual?

Aires d´ávila chegou mesmo a escrever um artigo, mostrando a necessidade de ruas largas para diminuir a prostituição e o crime e desenvolver a inteligência nacional."

Ficção? Realidade: Com a palavra, o governador da Bahia (1908-1911), João Ferreira de Araújo Pinho: "A megalomania que apoderou-se dos estados, logo depois de constituídos, contando com recursos inopinados que a nova divisão de rendas lhes proporcionara, abriu-lhes o caminho das prodigalidades. A organização dos serviços obedeceu a um plano excessivo, e as despesas improdutivas não tiveram limites."

Com os métodos usados para o caso carioca, Seabra decidiu modernizar Salvador. E ai de quem se opusesse a isto!

★

— Madona mia santíssima! Má que queres tu quí homem? – perguntou assustado Carmine ao deparar-se com aquela figura de negro alto e corpulento, que lhe apareceu sem aviso prévio.

— E ku irole sir, bawo ni o ti ri?

— Bruta bestia! – tornou irritado o italiano – Ma que passa? Ainda por cima non me fala o português? – Ao que o outro respondeu com um largo sorriso:

— Falo sim, melhor que o senhor... cumprimentei-o no idioma de meus ancestrais iorubás. Disse-lhe "boa noite senhor como tem passado?"

— Má que? Quem é você? Que queres?

— Não tenha receio, senhor Alfano. Não sou malfeitor, apesar de ser negro.

— Má io não disse isto.

— Não disse, mas pode ter pensado. Chamo-me João de Costa. Mais conhecido por capitão João de Adão. Ao seu inteiro dispor. Sou primo de Gregório, seu operário.

— Ora homem perché non falou logo? Tu apareces-me assim, aqui dentro da minha fábrica a uma hora destas e...

— Desculpe senhor, mas foi o próprio Gregório que me informou de sua disponibilidade para tratarmos de negócios de seu interesse somente depois das nove horas da noite. Aqui estou e, quanto ao fato de vir ter consigo aqui dentro, é que os portões lá fora estão completamente escancarados e não encontrei ninguém no pátio interno...

— Sim, entendo, desculpe Gregório e Gaetano foram fazer as entregas de dois berços e me deixaram mais uma vez os portões abertos... bene, bene, senhor João. Mandei chamá-lo, é vero. Má em primo lugar, quero agradecer-lhe os favores que nos tem feito na rapidez das descargas e transportes de nossas mercadorias no porto. Dopo, gostaria de propor-lhe que fizéssemos negócio para continuar así, dessa forma. Navio chegou, descarrega e transporta logo meus ferros. Assim que a alfândega liberar, capice?

– Compreendo perfeitamente. E por isso mesmo atendi de bom grado a seu chamado. Também eu, em primeiro lugar, quero lhe agradecer a acolhida que dispensou, o senhor e seus irmãos, ao primo Gregório conseguindo trabalho para ele aqui. Quanto à sua proposta de que eu e meus estivadores e carregadores o ajudemos, só posso por hora garantir-lhe o transporte do porto até aqui. Pelo que o senhor só pagará o transporte propriamente dito. Quanto às ordens de descarga não lhe garanto... o certo é que as coisas no porto estão fugindo ao nosso controle.

– Si, percebo. Muita confuzione...

– Muita. E ainda vai haver um bocado. A capital federal ainda nos mete em apuros com essas tais 'salvações'. Constroem o tal porto da Bahia. Constroem as tais ferrovias, e tudo isso para quê? Para inglês ver e comer. Para transportar para o estrangeiro. Mandar tudo para fora.

– Má non é a lei do tal do livre comércio? – inquiriu Carmine com o intuito de saber até onde iam as ideias daquele homem.

– Sim senhor. É a lei do livre comércio. É a lei da divisão na base de dez para você, um para mim. Mas desta questão não me quero ocupar. O problema é que, enquanto eu e meus homens pudermos sobreviver, não me pisam nos calos, como se diz por aqui. O problema é ainda que, no mesmo curso em que vai o paquete, já nos querem meter numa tal de União de Estivadores lá do Rio de Janeiro. Um sindicato. Um cabestro.

– Má se houver union entre vocês, não conseguem...

– Assim também penso. E por isto mesmo tento manter meus homens unidos. Lutamos por poucas coisas de fato. Contrato de trabalho para cada homem, melhores salários, oito horas de trabalho por dia... Grande guerra não é mesmo?

Carmine não tinha argumentos contrários, e João de Adão prosseguiu.

— Já se fala em estiva branca, estiva vermelha, estiva unida e por aí afora. É aguardar os acontecimentos, senhor Alfano, mas tenha certeza. Faremos o possível para ajudá-lo sempre.

A voz de Servilia chamando pelo marido interrompeu a conversa dos dois homens.

— Espera um pouco senhor João que já volto.

Mas quando Carmine voltou ao térreo onde deixara o outro, não o encontrou mais. Assim como surgira, desaparecera na noite escura. Misteriosamente. O italiano foi até o portão que estava fechado e com o ferrolho passado.

"Homem estranho aquele. Culto, bem-falante, prático... E o que é pior, não parece ter medo de nada." Pensou Carmine. Estranhamente o olhar corajoso daquele homem trazia a sua memória uma parte de sua vida, quando ele fez parte das forças italianas de ocupação da Eritréia em 1896. Os italianos foram catastroficamente derrotados em Ádua...

Realidade? Ficção? Pedra marrada no pescoço da literatura? Que multidão de pendências na vida, leitor! Umas coisas nascem das outras, enroscam-se, desatam-se, confundem-se, perdem-se e o tempo vai andando sem se perder a si.

O tempo naquela noite continuou seu percurso e Carmine exausto, antes de deitar-se ao lado de Servilia, ainda pôde passar os olhos na Gazeta do Povo de 31 de janeiro de 1911 que, dentre outras coisas, registrava a "Chegada a Salvador do coronel J.J. Rego Bastos, que deverá estudar os canhões existentes no forte de São Marcelo, considerados pelo exército imprestáveis até para as salvas de ordenança."

Contudo, àquela hora da noite, isso não tinha nenhuma importância. E toda a cidade adormeceu tranquilamente agasalhada pela brisa morna do verão baiano que a tudo, e a todos, beija e balança.

VII

Diário de Notícias – terça-feira, 31 de janeiro de 1911
Desordens e inquérito

O Sr. Delegado de polícia da 1ª circunscrição desta capital abriu rigoroso inquérito acerca dos ferimentos de que foi vítima na rua Carlos Gomes, na madrugada de sexta-feira última, o norte-americano Walter Burgers, quando agredido por uma horda de indivíduos que todas as noites, embriagados, em companhia de horizontais perigosas promove naquela rua os mais revoltantes abusos.

Aquela autoridade em cujo zelo confiamos, para a repressão de semelhantes abusos à tranquilidade pública, no sábado último esteve em companhia de um dos médicos legistas da polícia no quarto onde se acha hospedado o cidadão, vítima da covarde agressão, assistindo ao corpo de delito na pessoa do ferido que perdeu dois dentes do maxilar superior.

A política entre nós é um tiro no meio de um concerto! No governo de Araújo Pinho, as divergências e dissidências em torno de questiúnculas políticas e a grandessíssima questão sucessória dividiam ainda mais os diversos grupos, severinistas, seabristas e por aí afora. A 22 de dezembro de 1911, cansado de ser governador governado, Araújo Pinho tomou um belo de um porre e assinou sua renúncia. Desta forma o governo seria, uma semana antes das eleições, entregue por lei a seu substituto, Aurélio Vianna. Contudo, a maioria da Câmara estadual fez beicinho, bateu o pé e disse não! O governo estadual, em represália, rodou a baiana e mandou a polícia assenhorar-se do prédio da Câmara Municipal, sede provisória do Legislativo.

E Ruy Barbosa, sempre pródigo em sugestões, sugeriu que o Legislativo pegasse seus panos de bunda e se mudasse para a cidade de Jequié. Eh farrão! De cara, um crédito governamental de 1000.000$000 (cem contos de réis) para ajuda de custos, despesas extras dos deputados e senadores, serviços de taquigrafia, publicação de debates, transportes de funcionários das Secretarias da Câmara e Senado, além de outras despesas miúdas. A voz surda das ruas andava cantarolando:

"Quem quiser ganhar dinheiro / Vá para Jequié ligeiro / Ajudar a jagunçada / de Antônio Conselheiro!"

★

Carmine, Antonio e Gaetano começavam a colher os frutos do trabalho diário que invariavelmente se estendia das seis da manhã às dez da noite. Como previra Antônio Dimas quando da viagem de chegada a Salvador no Astúrias, Carmine constatara que a população havia assimilado bem a novidade das camas de ferro. Os negócios iam de vento em popa. Alfano & Cia., instalados com loja à rua do Colégio número 13, imediações da Praça da Sé e rua Chile, centros comerciais da Bahia de então, fabricavam camas e berços na Almeida Couto em Nazaré e expunham na Rua do Colégio, ao lado da pastelaria Mundo Europeu.

Esta pastelaria desfrutava de grande singularidade entre as demais. Ao lado de quitutes franceses, vendia também acarajé e abarás preparados por cozinheiras africanas. Além dessa particularidade; outra: ponto de encontro de intelectuais. Da convergência dessas coincidências, Gaetano, que era apreciador dos livros de seus patrícios Settembrini, Sanctos, Bonghie e Gabriele D´Annunzio, ia também conhecendo a literatura brasileira. Sobretudo escritores baianos, sempre orientado pela mão de Egas Muniz, que vez por outra, lhe emprestava livros. Os dois costumavam se encontrar sempre nos finais de tarde quando Egas Muniz, de volta de suas obrigações como professor da escola de Medicina, saboreava na pastelaria o seu costumeiro cafezinho. Certa tarde, o professor de história natural médica sentou-se na pastelaria e ouviu uma conversa de dois oficiais do exército que, na mesa ao lado, conversavam sobre o poder de fogo dos canhões Krupp que estavam sendo instalados nas fortalezas do Barbalho, de São Pedro e no Forte de São Marcelo. Um deles dizia:

– Alguns oficiais ainda pensam que o verdadeiro canhão de tiro rápido é aquele que não se desvia de sua pontaria no ato do tiro. Mas esse foi precisamente o grande feito dos alemães, porque quando o Krupp recua, ele volta automaticamente à bateria. O recuo é absorvido por freios hidráulicos, baseado sobre o escoamento de um líquido por orifícios estreitos. A volta à posição correta se dá porque conceberam outro dispositivo denominado recuperador, que só exige certa perícia do operador. Um fabuloso canhão meu caro tenente, o Krupp com seus projéteis carregados com melinite atingem grandes distâncias com altíssimo impacto destruidor.

Egas Muniz pensativamente, ajustou no rosto seu pince--nez e pôs-se a procurar, entre os papéis retirados de sua pasta, um poema no qual estivera trabalhando há dias e, como se não o encontrasse, voltou a colocar os papéis na pasta ao tempo em que escutou as falas dos militares que se despediam sorridentes:

– Até amanhã, tenente.
– Até mais ver, coronel, e bons tiros hem!

Nove de janeiro de 1912. Ninguém apareceu para conversar sobre literatura. Egas Muniz afinal retornou para sua residência ao largo de São Pedro velho nº36.

★

A maioria seabrista de vereadores municipais, deputados e senadores recorreu à justiça federal e obteve um habeas-corpus com mandato de interdito possessório para a não transferência da capital e a desocupação do prédio da câmara municipal. Habeas-corpus concedido, os seabristas contactaram o comandante da 7ª região militar que prontamente fez distribuir na cidade a seguinte nota:

"7ª Região Militar.
O general Sotero de Menezes, inspetor da 7ª Região Militar, faz saber que tendo o governo do Estado se recusado terminantemente a obedecer ao habeas-corpus concedido pelo Exmo. Sr. Dr. Juiz Seccional, para que possam funcionar livremente, no edifício da Câmara dos Deputados, os congressistas convocados pelo Sr. Barão de São Francisco, presidente em exercício do Senado – cumpre-lhe, em obediência à requisição do mesmo juiz federal aos poderes competentes, fazer respeitar e executar essa ordem, pela intervenção da força sob o seu comando, intervenção a que dará início dentro de uma hora. 10 de janeiro de 1912."

Quando Carmine leu esse comunicado afixado às portas da pastelaria Mundo Europeu, voltou depressa à loja, dispensou os funcionários, cerrou as portas, pôs o chapéu e correu em direção às Mercês, onde Gaetano e Gregório foram entregar e armar algumas camas. Nas ruas a confusão se generalizava, os bondes eram ocupados desordenadamente por populares em busca de transporte rápido, o pânico estampado nos rostos das pessoas. Carmine descia o Largo do teatro quando um tiro de canhão disparado do forte de São Marcelo atingiu o teatro destruindo uma parte da fachada. E entre tiros de fuzil da tropa do exército posta nas ruas, novos tiros de canhão. De minuto a minuto o pânico se alastrava. O canhoneio sobre a cidade era cruzado. Do forte de São Marcelo para o edifício do palácio do governo, de todos o mais visado. Tiros de canhão em direção ao centro da cidade também partiram da fortaleza do Barbalho e do forte de São Pedro. Alguns hotéis do centro colocaram em suas fachadas bandeiras de outros países para indicar a nacionalidade e neutralidade de seus hóspedes, e Carmine Alfano já na avenida Sete deparou-se com o quadro dantesco. O carroção que ele havia comprado há pouco tempo para a entrega das camas, virado, completamente destruído. O cavalo, ainda atrelado ao carroção, esvaindo-se em sangue, e Gaetano e Gregório não se encontravam mais no local...

★

Balanço do bombardeio sobre a cidade: 22 mortos e 28 feridos à bala entre civis e militares. Inúmeros prédios públicos e particulares incendiados e destruídos. Um tiro de canhão Kupp disparado do Forte de São Marcelo derrubou o relógio da torre da Câmara. A biblioteca pública fundada pelo conde dos Arcos em 1811 com um acervo de 60.000 volumes virou cinzas, e finalmente os 150 presos da penitenciária fugiram.

★

Dezesseis dias após o bombardeio realizaram-se as eleições a bico de pena (com urnas emprenhadas, currais eleitorais, homens de confiança e etc.). J.J. Seabra elegeu-se governador do Estado por maioria absoluta para o quatriênio 1912-1916. Foi então que ele acabou de "reformar" a Bahia. É mesmo o caso. A política entre nós é um tiro no meio de um concerto. E não esqueçamos: tiro de canhão!

VIII

Jornal de notícias – quinta-feira, 14 de novembro de 1912
Assunto de polícia

O guarda número 82 prendeu, no sábado às 4 horas da tarde na praça 15 de novembro, dois estrangeiros, embriagados, que estavam em luta corporal. O guarda entregou um dos presos ao cabo do esquadrão de cavalaria João Ribeiro da Costa, que desrespeitando o guarda civil, pôs em liberdade o estrangeiro. O cabo de esquadra, por esse motivo, ficou preso por 15 dias.

Não há dúvida alguma que a Bahia
Desta vez, sim senhor, vai pra frente
Demolição de casas – todo dia;
construção de novas diariamente!
Cidade em que uma rua não se abria
Ou era então um milagre surpreendente,
avenidas vai ter – quem diria!
de norte a sul, de leste até o poente!
Sente-se agora na cidade inteira
Um cheiro de progresso! ... Em toda parte,
respira a gente – gasolina e poeira!
Para ver a Bahia como pula,
Basta dizer (e que esta prova farte)
Que o relógio da câmara já regula.

Esses versos de Lulu Parola, publicados no jornal de Notícias, eram lidos por Carmine, enquanto ele esperava na antessala da Secretaria de Justiça, para falar com o secretário do Secretário, na tentativa de ressarcir-se do prejuízo que lhe fora causado com a morte do cavalo e a destruição do carroção. Depois de uma hora de espera, o secretário o recebeu.

– Iremos analisar o seu caso, senhor Alfano. Foram muitos os casos que resultaram daquela infeliz...

– Má tanto tempo? Há meses que fiz a petizione...

– Eu sei, senhor. Adianto-lhe, porém, que, conforme a portaria baixada pelo excelentíssimo doutor governador, a sua petição carece de documentos anexos...

– Documentos?

– Sim, documentos. O senhor deve ir ao ministério do exército e pedir um atestado do acontecido do perito deles, mas não sem primeiro ir na tesouraria desta secretaria, pagar a taxa de solicitação de apreciação de caso, refazer sua petição nos moldes deste formulário aqui e, por fim, reconhecer a sua firma em cartório. Depois o senhor retorna aqui novamente com toda a papelada...

– Como então? Matam meu cavalo! Destroem minha carroça! Meu funcionário e meu irmão quase são mortos a bala, e eu que tenho que andar para lá e para cá atrás de documento?

– É a lei, senhor...

– Má que lei? Isto é lei?

O secretário começou a impacientar-se.

– Senhor, cumpra as formalidades que analisaremos seu caso. Queira me dar licença, pois estou atarefadíssimo. O Secretário me aguarda para analisarmos alguns casos de estrangeiros indesejáveis que desembarcaram recentemente. E, a propósito, o senhor é estrangeiro, não é?

Carmine sentiu ímpetos de proferir um palavrão, mas conteve-se e disse:

– Si, io sono italiano. E você quem é afinal?

O homem franziu a testa irritado e disse:

– Vê-se que o senhor não sabe com quem está falando!

– Não sei, e já a essa altura não me interessa mesmo com quem estou falando, porque não resolve nada! Passar bem!

Carmine virou-lhe as costas e saiu resmungando em voz alta: sicuramente non ho tempo per questo. Adotterò altre misure.

★

Carmine tivera, neste mesmo dia, pequena discussão com Gaetano sobre o pedido que este lhe fizera de construir um pequeno quarto no quintal da fábrica em Nazaré onde Gregório passaria a viver. Após esse diálogo com o secretário, ele lembrou-se justamente do irmão. Às vezes, quando se punham a conversar, Gaetano reproduzia trechos de suas leituras. Certa feita, os dois, com diversos copos de vinho no juízo, trocavam ideias sobre política, e Gaetano terminava pegando um livro para ler trechos como este de Proudhon: "O leviatã da sociedade moderna é o estado, este organismo imenso e todo poderoso, a síntese da autoridade e da centralização que conquista o poder político, econômico e social." Carmine deu um pequeno sorriso e pensou: Gaetano estava meio embriagado naquele dia... Vá biene. Haveremos de construir o tal quarto, mesmo que Servilia não aprecie muito a ideia. Hoje mesmo aumento todos os preços de camas e berços em... em... trenta per cento. Non sarò perplesso! – disse para consigo enquanto abria o guarda-chuva para proteger-se de uma fina chuva que começara a cair.

Tradução: Trinta por cento! Eu é que não fico no prejuízo!

★

Ao som dos pingos de chuva que caía sobre os telhados seculares da cidade, J.J. Seabra concluía seu discurso para ouvidos correligionários:

"Obras iniciadas, em andamento, ou a concluir, obras novas, ou de reparação, e ainda projetos de obras e contratos para obras e, entre estes, os celebrados para a edificação de casas para operários, o fato assinala, pelo que houve em 1912, um desusado movimento de trabalho, que atraiu a esta capital um não pequeno número de construtores e arquitetos e, agora, ante a necessidade insatisfeita de artistas e profissões elementares, já exige, com um caráter de urgência, a sua obtenção em São Paulo, no Rio de Janeiro e na Europa, especialmente em Portugal."

Dito e feito: Manchetes dos jornais.

Janeiro de 1913 – Avenida Sete de Setembro em obras.

Março de 1913 – Obras de alargamento da rua Chile.

Abril de 1913 – Em pleno andamento o alargamento da ladeira de São Bento.

Maio de 1913 – Operários para as obras de remodelação. Chegaram ontem 200 espanhóis, 200 portugueses e 200 italianos.

Junho de 1913 – Quase todas as mulheres estrangeiras, residentes nas diversas pensões desta capital, principalmente nas do distrito da Sé, são exploradas sexualmente.

Julho de 1913 – A PEDIDOS – "Surpreendida com o decreto do governo do estado, mandando demolir o majestoso

Mosteiro de São Bento, monumento tradicional e formoso de nossa capital, sem que para essa demolição se apresentassem motivos e razões de relevância, a Liga Católica das senhoras baianas vem, perante os exmos. Srs. Governador do estado, Sr. J.J. Seabra, e o Dr. Intendente municipal Sr. Alencar Lima, respeitosamente protestar contra essa demolição, e confiantemente pedir que ela não se efetue."

AINDA EM INÍCIOS DE JULHO DE 1913.

EM TODOS OS JORNAIS:

"Acentuam-se as divergências entre a cessionária e a companhia francesa (Societé de construction du port da Bahia), que tem a seu cargo a empreitada da construção das obras. Já tem havido entre ambas protestos e contra-protestos no juízo federal da Bahia, por razões de pagamento. O superintendente da cessionária exige o pagamento de taxas de carga, descarga, capatazias, atracações etc. A Associação Comercial entra na briga também."

★

"De repente o cavaquinho do Porfírio, acompanhado pelo violão do Firmo, romperam vibrantemente com um chorado baiano. Nada mais que os primeiros acordes da música crioula para que o sangue de toda aquela gente despertasse logo, como se alguém lhe fustigasse o corpo com urtigas bravas. E seguiram-se outras notas, e outras, cada vez mais ardentes e delirantes. Já não eram dois instrumentos que soavam, eram lúgubres gemidos e suspiros soltos em torrente, a correrem serpenteando, como cobras numa floresta incendiada; eram ais convulsos, chorados em frenesi de amor; música feita de beijos e soluços gostosos, carícias de fera, carícia de doer, fazendo estalar de gozo.

E aquela música de fogo doidejava no ar como um aroma quente de plantas brasileiras, em torno das quais se nutrem, girando, moscardos sensuais e besouros venenosos, freneticamente bêbados do delicioso perfume que os mata de volúpia."

Ao cair da noite de um sábado, Gaetano acabara de ler

esse trecho de O *cortiço* de Aluísio de Azevedo. Fechou o livro e perguntou-se: Que é chorado brasileiro? – pensou por um instante, levantou-se da cama onde estivera lendo, e foi até a janela. Dali assobiou três vezes na direção do quarto de Gregório logo mais abaixo no quintal:

– Diga, inhô Gaetano – gritou de lá Gregório.
– Venha por favor, amigo, até aqui ao meu quarto... – Gregório pôs o chapéu e foi ter com ele.
– Diga-me, Gregório, você conhece aqui, algum lugar assim, que possamos ouvir alguma música da terra? ... e dançar una como se diz... Chorado baiano?
– Ihh inhö... Inhô tar querendo ir no puteiro é?
– Nom, má quê? Tá maluco? Só quero ver como é essa tal música baiana...
– Hummm, pois, se é música para ouvir e dançar também, o senhor pode ir em um baile que sempre acontece lá no Saldanha, mas vou logo avisando que é baile de gente humilde, gente da terra... Lá tem música todo final de semana...
– Então você vá vestir seu terno, que é para lá que nós vamos.
– Mas eu é que tenho que ir? O senhor não acha melhor ir com o irmão Antonio, não?
– Não, Antônio já se recolheu, e Carmine saiu com Servilia, foram à missa e sei lá mais onde...
– Mas eu já tô meio velho pra entrar nesses sambas inhô...
– Vá homem, está velho, mas não está morto. Ademais eu conheço pouca gente aqui e tu me faz companhia. Vamos? Andiamo!

No baile a música fervia. A um canto do salão de dança, Gaetano avistou uma bela morena e se encantou com sua beleza.

– Olha para aquilo ali, Gregório, que mulher, Che bella ragazza!
– É verdade... está mesmo de encantar aquela diabinha... Mas eu acho que conheço ela sim... É, é ela sim, uma costureira, da Companhia Empório Industrial lá pros lado da Ribeira. Muito desejada porque é de uma beleza danada... Não sei onde ela mora não..., mas é ela sim.

E a morena afinal percebeu que Gaetano não tirava os olhos dela. Depois de várias trocas de olhares, trocaram discreto sorriso. Aqueles olhos cor de mel, fixaram-se mais vezes e mais demoradamente nos de Gaetano. E este disse a Gregório.

– Você poderia buscar ali no bar algo para bebermos? Eu fico aqui, pois não quero perdê-la de vista por nada...

E então depois de algum tempo Gregório trouxe uma garrafa de pura e dois copos. Serviu a Gaetano que, deslumbrado com a menina, nem perguntou que bebida era aquela e tomou de um só gole. Engasgou-se, tossiu e disse com repugnância:

– Arre! Isso parece quente! Que é mesmo que beber fogo!

E o samba continuava cada vez mais animado, e Gaetano foi se aproximando da moça que resolveu balançar o corpo como se dançasse timidamente próxima a outras moças que a acompanhavam. E Gaetano animado cada vez mais, outra dose, e mais uma e ainda outra, e começou a dançar como todo mundo estava dançando e foi se aproximando da menina, e ela também, e o som, e o batuque, aqueles cabelos compridos dela de um castanho claro e aquela pele de um moreno suave...

Gregório depois de algumas horas chamou-o para voltarem para casa. Quase não ouviu o que Gregório falou, não queria saber de mais nada, agradeceu a Gregório e disse que voltaria sozinho. Disse ao outro numa voz meio embolada: Grazie mille amico mio, tornerò a casa presto.

– O que o inhô? – perguntou Gregório.

– Nada, Gregório, pode retornar eu estou bem, aliás estou ótimo.

E nem viu a saída do negro velho. Ficou no samba. E não ficou só.

★

O mês de agosto de 1913 foi de grande agitação na Bahia. O governo do estado queria a todo custo inaugurar o primeiro trecho do cais da Alfândega com 235 metros de comprimento.

João de Adão e seus estivadores tinham planejado uma greve geral marcada para meados de agosto com o intuito de pressionar as autoridades no sentido de que lhes fossem garantidas melhores condições de trabalho, salários regulamentados, e sobretudo contra a filiação à tal União de Estivadores do Rio de Janeiro.

No palácio do governo, um certo ajudante de ordens bem-informado do movimento grevista arquitetado recebe um telegrama:

"*Rio de Janeiro, 3 de julho de 1913.*
Exmo. Sr. Dr. Fulano de tal
Ciente de tudo. Coisas melhoram. Ministro conferenciou ontem, outra amanhã. Remova todo e qualquer empecilho à inauguração do porto. Darei cobertura pessoalmente."

No amanhecer do dia 14 de agosto de 1913, uma quinta-feira, às 7 horas da manhã, a massa de trabalhadores do porto de Salvador, que incluía uma multidão de saveiristas, carroceiros, pescadores, carregadores, ambulantes e quituteiras de todo tipo de alimento, descia o chamado Caminho Novo para começar mais um dia de trabalho. Em meio à multidão, ia caminhando tranquilamente João de Adão, trajando seu terno de casimira listrada, camisa azul, gravata roxa, chapéu de palha, meias pretas e sapatos amarelos. A multidão foi surpreendida pelo estrondo de um disparo de arma de fogo. Susto, pânico, gritos e correrias. Outro tiro e ainda outro. E João de Adão foi baleado nas costas sem sequer ter tido tempo de defender-se. Tombou cadáver no meio da rua em meio a uma poça de sangue...

Segundo testemunhas oculares, foi baleado por quatro homens da "União dos estivadores". Os assassinos tinham as alcunhas de Piu Grande, Pernambuco sete mortes, Guido e Nozinho da cachoeira. Eis afinal o que foi o crime do Caminho Novo. Que multidão de pendências na vida, leitor. Às vezes umas coisas não nascem das outras, embora uma verdade maior, ainda oculta aos olhos dos homens, sempre encontre meios de vir à tona. No emaranhado de vidas simples, no novelo de destinos que se cruzam, se atam e desatam ou até mesmo no enredo de ficções que espelham a vida...

IX

Jornal A Tarde – sexta-feira, 26 de dezembro de 1913
O caixeiro de uma taverna é ferido a faca por um ébrio

Honório Alves de Souza, entrou ontem à tarde, numa taverna ao beco do Cyrilo, distrito de Santo Antônio, e encontrando ao balcão o espanhol de 23 anos, Avelino Nogareda, pediu-lhe que o servisse de "pura".

Servido a primeira vez, Honório gostou e repetiu a dose quatro vezes. Embriagou-se logo. Na hora de pagar, recusou e entrou em luta corporal com o espanhol dando-lhe na perna direita uma facada profunda. Em seguida, apesar de bêbado, fugiu.

O guarda civil número 66, duas praças de polícia e um cabo do regimento policial foram ao seu encalço, conseguindo prendê-lo.

Contra isso se insurgiu o motorneiro de número 347, Marcelino Ferreira. O ferido, depois de pensado no Hospital Santa Isabel, ficou recolhido à enfermaria de São Maurício.

O tempo foi andando sem se perder a si. Quinze dias após o assassinato de João de Adão, o porto de Salvador estava adornado para a festa da inauguração oficial do segundo trecho de cais pronto. As autoridades amparadas por rigoroso esquema de segurança se faziam presentes para assistir ao atracamento do vapor francês Amiral Ponty que, em lastro e vazio, iria experimentar as novas instalações.

O vapor aproximando-se empurrado por pequenos rebocadores apitou três vezes. Era o sinal para a retumbante comemoração; fogos de artifício subiram ao céu nublado, e a banda do quinquagésimo batalhão de caçadores começou a tocar o hino nacional.

O povo, calado, assistia àquela festa. Após devidamente atracado o navio, começou a inevitável fase dos discursos. Primeiro falou um representante da Societé de construction du port de Bahia, que pronunciou breve fala em francês. Depois falou o representante da Associação Comercial, e por fim, o excelentíssimo senhor doutor governador do estado que proferiu as seguintes palavras:

"Meus concidadãos. Aqui estou cumprindo meus compromissos de campanha. Obras e melhoramentos desta cidade, cujo aspecto colonial assinalava, depois da Independência, em dois regimes diferentes, nas mais contrárias situações da política, sucedendo-se no poder vontades e opiniões de todos os partidos, o descuido simultâneo das administrações deste município e dos governos da Bahia. Eu, como vos prometera e era necessário, me decidi sem demora a iniciá-lo a lhes promover, sem medo de nenhuma dificuldade, a sua imediata execução. Assim, utilizando quanto pude a renda ordinária do estado e pedindo as responsabilidades do novo empréstimo, cujas emissões e circunstâncias fizeram retardar o adiantamento já recebido, do valor de quatrocentas mil libras esterlinas, expus aos atestados de vossos olhos e às verificações de todo mundo, como uma ideia vencedora, que nenhuma resistência há de impedir, como um dever que, contente de mim e de vós, em devida e justa satisfação aos direitos deste povo, estava e estou cumprindo, os projetos e as obras que sabeis, os trabalhos que impulsiono, os reais melhoramentos que como símbolo do caminho para a civilização, e interrompendo a inércia do passado, se levantam do nada, e crescem, e se adiantam, e hão de ser, em próximo futuro, a irrecusável prova documental da criadora e patriótica atividade desta época."

Neste ponto do discurso de Seabra, um dos seus assessores mais entusiasmado, começou a bater palmas, pelo que foi seguido por outros poucos correligionários. O povo, calado, assistindo. O governador continuou mais exaltado ainda:

"Quanto às demais frentes de atividades do estado, tudo, mas tudo, prossegue de maneira a suprir as necessidades do povo baiano. Que é a este, em última instância, que devemos as verdadeiras satisfações, não a esta oposição que faz sempre a censura injuriosa que supura o ódio rábico de interesses despeitados."

Novamente os assessores prorromperam em novos aplausos, e um deles anotou em um bloquinho a frase fenomenal: "a censura injuriosa que supura o ódio rábico de interesses despeitados." O povo continuava assistindo calado. Tome-lhe discurso:

"A índole mansa e respeitosa do nosso povo é, acima da vigilância e reações da autoridade, a garantia dessa continuada quietude da família baiana. O povo prefere, em mil casos contra um, o caminho da lei. Praz-me salientar, mais uma vez, a boa índole do nosso povo, avesso por tendências do caráter, aos distúrbios de rua que, por motivos frívolos ou sem justa causa que os explique, geram em outros lugares, ao só impulso de uma qualquer contenda, os grandes motins, às vezes perigosos e funestos. Basta saber que sucedem entre nós aglomerações festivas, numerosas, extensas, duradouras, sem que fique de sua lembrança o mais ligeiro eco de desordens e de violência. Essa mansuetude é por si uma garantia da ordem, eficazmente patrocinada pela vigilância oficial."

Em meio aos aplausos finais da fala do governador, algumas vagas do mar empurraram o vapor francês contra o cais, causando um estrondo de ferros contra o concreto. O povo calado assistindo. Seabra, meio confuso, dirigiu-se a um de seus auxiliares mais próximos e disse:

– Precisamos mandar construir logo o quebra-mar.

Outra onda tornou a empurrar o navio. Novo estrondo e a ordem do representante da Societé de construction du port de Bahia foi dada ao comandante do navio:

– Débarquez, monsieur le capitaine! Détachez-vous vite! (Desatracar senhor capitão! Desatracar rápido!).

Começou a chover grosso, novo estrondo derrubou no mar um pedaço do cais. Os rebocadores soltando grossos rolos de fumaça esforçavam-se para afastar o navio. A comitiva governamental se retirou depressa, e o cais ficou deserto. Três balas, três estrondos. Subia das ondas, uma voz sem nome, uma poderosa voz que só o povo compreende.

X

Jornal A tarde – quarta-feira, 18 de março de 1914
A notícia de todos os dias. O movimento operário.
Ânimos exaltados em frente ao palácio.

Nosso modo de pensar sobre a situação angustiosa em que se encontram nesta capital, centenas e centenas de operários estrangeiros, contratados pelos empreiteiros Lafaiete & Cia., já manifestamos, ontem, claramente.

Ao lado dos ludibriados, estaremos sempre desde que eles, como até agora têm feito, não pratiquem atos que possam comprometer-lhes a justiça da causa. É preciso, repetimos, normalizar, de uma vez, a situação destes infelizes trabalhadores, que deviam constituir uma causa sagrada para a empresa que os contratou mesmo porque têm sido o principal fator de seus grandes lucros nas obras de remodelação da nossa capital.

A cidade ontem, pelas 14 horas, no trecho compreendido entre a praça Rio Branco e o alto de São Bento, apresentava movimento anormal. Grupos numerosos de operários, de fisionomias fechadas, iam e vinham vagarosos, paravam, comentavam, gesticulavam... Às 15 horas, pouco mais ou menos, cerca de 500 operários, na sua maioria portugueses, reuniam-se na Praça Rio Branco, e depois de combinarem entre si alguma coisa, dirigiram-se para a porta lateral do palácio do governo à rua Chile.

Dominou entre eles uma corrente de antipatia ao governo. Na rua Chile, um operário de nome Antônio Ferreira falou aos seus companheiros. O orador com palavras amargas referiu-se à responsabilidade do governo, pela crise horrorosa que está passando o operário estrangeiro nesta cidade e usou de linguagem violenta para com os empreiteiros que estão procedendo como canalhas.

Continuando, disse que os empreiteiros procedem ainda mais miseravelmente porque, não lhes querendo pagar, não têm, entretanto, a caridade de lhes fornecerem meios para voltarem ao lugar de onde vieram. Já estamos cansados de ser explorados! – Exclamou colérico o orador. Estamos com fome e nossas famílias, lá distantes também!

Krishnamurti Góes dos Anjos

Concluiu dizendo que o Sr. Dr. Seabra será o responsável pelos crimes que possam praticar doravante, a fim de obterem dinheiro para comer.

O discurso do operário era de vez em quando entrecortado de aplausos de seus companheiros. Depois de ter falado o Sr. Antônio Ferreira, desceu do palácio o major Farias, ajudante de ordens do Sr. Governador, e deu-lhe voz de prisão em nome do chefe de polícia. A multidão de trabalhadores, então mais exaltada ainda, invadiu o saguão do palácio aos gritos de "iremos todos presos! Iremos todos presos!"

Em vista disso, a prisão do operário Ferreira foi relaxada...

– E então, amigo Egas, fizestes o que te pedi?
– Gaetano, francamente, não achas um pouco extravagante essa ideia? Você mesmo pode fazê-lo, é homem de muitas leituras...
– Si. Mas não tenho jeito com versos... é preciso ter a alma de poeta. E ela é tão sensível, tão bela, tão doce... sabes? Desde que...
– Desde quê, Gaetano?
– Desde que perdi minha querida Beatrice que nunca mais vi uma mulher assim tão bonita como a Bruna.
– É amigo, a vida tem seus caprichos. O amor vem, o amor vai, assim como as vagas da praia... Mas, conta-me. Como a conheceu?
– Em um baile em que fui com o Gregório.
– Sei. E ela te pediu uma poesia?
– Ela não pediu... Io que tive a ideia, pois ela, no dia em que nos conhecemos, me disse assim: "Eu sei que vocês estrangeiros não gostam de gente da minha cor." E eu fiquei pensando que ela estava errada, porque para mim não existe nada disso, contudo, por mais que eu falasse sobre isso, ela ficava me olhando incrédula...

Egas Muniz fitou Gaetano por uns segundos, balançou a cabeça e afinal disse sorridente:
– Vá biene, italiano, creio que tenho alguma coisa aqui que podes ofertar a essa moça... – Abriu sua pasta, procurou uma folha de papel e disse – pronto aqui tens algo que ela talvez aprecie. Deixe-me apenas fazer alguns ajustes... Bruna é o nome da amada, não? E com um lápis em punho, Egas fez algumas anotações no papel.

E afinal, o moço apaixonado leu embevecido:
Bruna,
Mas para que esta sombra em teu olhar tão puro,
E em teu perfil tão meigo este amargo desgosto?
– Ai meu corpo é moreno e meu cabelo é escuro.
Tenho ódio dessa cor que me desfeia o rosto!

Se eu fosse alva, muito alva, e loura então... Que ideia!
Não serias mais bela, afasta este receio;
Olha Bruna, como és, a mais bela europeia
Morreria de inveja ao descobrir-te o seio.

Que te importa a palidez das virgens amarelas,
Louquinha? Que te faz que uma alemã te apode
Às francesas, se o teu corpo é mais belo que o delas,

Se a tua boca é um punhado de chamas?
Ergue o olhar, deixa-as rir: nenhuma delas pode,
Nenhuma delas sabe amar como tu amas!

– Oh, meu amigo, que belo, Grati mei cari amice. Grati per tutti. Vou levar para ela agora mesmo.

– Sim? Pois então uma boa sorte para ti...

E Egas Muniz deixou-se estar sozinho, na sua costumeira mesa da pastelaria pensativo... Até que duas senhoras passaram na calçada, ambas ornadas com seus xales de missa e terços nas mãos. Uma delas dizia à outra:

– Vixi Maria, menina, que calor anda fazendo nesta terra!

Ao que a outra retrucou:

– Este calor, a falta de dinheiro, tudo isso está me dando nos nervos. Sabias que o boato que correu hoje na cidade foi que o governador, após ler um telegrama, passou mal no palácio, com todo esse calor?

O poeta sorriu daquela prosa caminhante e escreveu em um guardanapo de papel que estava sobre a mesa:

Tudo ofega, tudo abafa,
Com ares de mequetrefe,
de lufa-lufa na estafa.
Da quebradeira ao tabefe!
Toda cara se encafifa
Desta má vida na rifa
se um bagarefe não bifa;

para ganhar a farofa,
com este calor de estufa,
o que a gente não se esbofa,
e o que não sua, não bufa!

    Egas Muniz ainda pensou em dedicar a J.J. Seabra. Depois, refletiu melhor e lascou o guardanapo; "imagine se virem isto!" – pensou ele ao transformar seus versos em centenas de pedacinhos de papel.

XI

Diário de notícias – segunda-feira, 6 de abril de 1914
Mulher Perigosa

O guarda civil número 20, anteontem na avenida Aida, intimou a comparecer, perante o sr. delegado de polícia da 1ª circunscrição, uma mulher de nome Alice Gringel, que diz ser de nacionalidade francesa, em virtude de a mesma não respeitar a vizinhança da referida rua onde também mora.

Alice se embriaga e provoca cenas indecorosas, sem respeito às famílias ali residentes.

Onde há fumaça, há fogo. O que o povo andava falando sobre o mal-estar do governador era a mais pura verdade. Todavia, ninguém sabia ao certo de onde provinha tanta aflição. Por incrível que possa parecer, vinha justamente de uma fria capital europeia.

Ao final da tarde de um dia quentíssimo perdido no tempo, Seabra acabara de redigir a "mensagem a ser apresentada à assembleia legislativa do estado da Bahia na abertura da 2ª sessão ordinária da 12ª legislatura". Em sua secretaria, ele escreve determinado trecho que muito o atormentava:

"Autorização contida na lei de 19 de junho do ano que, então corria, de 1912, e pela qual fiquei habilitado a contrair no país, ou no estrangeiro, até a soma de dez milhões de libras esterlinas, e para os fins indicados, o empréstimo necessário.

Um adiantamento de três e meio milhões de francos, que nesse mesmo mês e ano, eu consegui, e me foi dado em Paris, pelo Credit Mobilier Français, permitiu o alívio de certos compromissos do tesouro, o início dos primeiros melhoramentos e reformas."

Neste ponto, Seabra foi interrompido por seu ajudante de ordens que lhe trazia algumas correspondências urgentes. Seabra, um tanto contrafeito pela interrupção, perguntou:

– Diga-me de onde provêm. – e o ajudante começou a ler os nomes dos remetentes.

– Estatística da secretaria de saúde para o ano de 1913... – e Seabra retrucou com enfado.

– Depois eu vejo...

– Relatório final do julgamento do caso João de Adão...

– Depois eu vejo...

– Telegrama do senhor Eduardo Guinle...

– Ora, por que não disse logo? – Seabra levantou-se, arrancou das mãos do ajudante de ordens o telegrama e leu:

"Londres 5 de novembro.

Em virtude instruções banqueiros emissão fosse feita este mês, acabo conferenciar Bemberg & Comp., e com grande surpresa minha esses senhores me declararam abandonar o negócio do empréstimo do estado da Bahia, apesar dos compromissos escritos que têm conosco, arcando assim responsabilidades que possam advir.

Razões que dão para assim proceder são que, quando trataram tipo oitenta e seis e meio, não supunham que o crédito do Brasil viesse a descer tanto, que o governo federal contratasse empréstimos a oitenta e quatro, que todos os títulos, quer da união quer dos estados, chegasse, agora, à situação a que chegaram, havendo títulos federais cotados a setenta e cinco e títulos da cidade da Bahia (são os do empréstimo municipal de 1905) também a setenta e cinco por cento.

Não tenho meios de forçar banqueiros a fazerem a emissão, pois responsabilizá-los seria pior, não se colhendo daí nenhum resultado prático. Caso agisse assim seria impossível renovar trabalho de operação. Estou agindo obter adiantamento até conseguir novo grupo banqueiros façam empréstimos com as condições pedidas. Posso assegurar ao governo que todos esforços foram feitos e serão continuados para dar-lhe inteira satisfação.

Afetuosas Saudações
Arnaldo Guinle."

Seabra leu e teve a rápida vertigem. Ficou sem ler a estatística da secretaria de saúde que informava: "Durante o ano de 1913 morreram na Bahia 5.675 pessoas, excluídos os natimortos, sendo: de febre amarela 54, de peste 111, de varíola 1, de difteria 7, de gripe 18, de febre tifoide 16, de disenteria 176, de beribéri 34, de lepra 3, de paludismo 327, de tuberculose 843, sendo os outros óbitos de moléstias gerais."

Ficou o governador também sem ler o relatório final do julgamento do crime do Caminho Novo: "Dos quatro réus indiciados pela justiça pelo crime que resultou na morte do chefe dos estivadores João de Adão, dois foram justiçados pela morte falecendo no presídio. Os restantes, Aguido Cyriaco Eleutério e João Germano, conhecidos por Guido e Nôzinho da cachoeira, foram condenados ao grau máximo da pena do artigo 294, 30 anos de prisão celular.

Os advogados dos condenados protestaram, solicitando

novo julgamento. Na oportunidade, virá do Rio de Janeiro um advogado encarregado pela Sociedade de Estivadores fazer a defesa dos criminosos. A promotoria do caso foi realizada pelo Dr. Madureira de Pinho."

XII

Jornal A Tarde – Quinta-feira, 10 de junho de 1914
O pobre do Chin. Como eles perambulam, à toa pelas nossas ruas.

O chinês é qualquer coisa como o judeu que todos olham de soslaio, desconfiados, com desdém. Um pária que todo mundo despreza... Também aqui perambulam eles pelas nossas ruas; de vez em quando uns pequenos comedores de arroz, que vendem bugigangas e fazem exercícios malabares, impedem-nos o passo.

Entram nos cafés, nos restaurantes e oferecem a mercadoria, ou mostram as suas aptidões de malabaristas, mas ninguém os acolhe. Os garçons põe-nos para fora aos empurrões e pontapés, os fregueses ou os transeuntes acham-lhes graça..., mas não lhes dão um níquel quase sempre.

E assim o pobre chinês vai seguindo a sua peregrinação. Um dia aqui, outro dia ali, cumprindo o seu fadatário de eterno Ashaverus.

– Cinco bastam! – disse Carmine.

– Por mim contratávamos alguns dos operários europeus que estão aí perambulando pelas ruas em virtude das constantes paralizações das obras de remodelação da cidade... – opinou Antonio.

– Má perche? – interveio Gaetano – Io já non disse que Gregório foi buscar os amigos dele para apresentar a você Carmine? Põe os homens para trabalhar, são homens de confiança de Gregório. Eram trabalhadores do João de Adão na estiva, capazes de trabalhar arduamente.

– E sem nenhuma especialidade – emendou Antonio.

– Má garanto que aprendem rápido – rebateu Gaetano.

– Biene, biene, o que não posso ficar é com a cara para cima! As encomendas se avolumam e já temos que fabricar também mesas e cadeiras. Inoltre i lavoratori europei non ci mettono molto, mollano tutto e tornano in Europa... – ponderou Carmine. - E não somente isto. Quando começamos aqui, contamos muito com a ajuda do senhor João de Adão no desembarque e transporte de nossos equipamentos e ferros. De certa forma, temos uma dívida moral para com aquele homem que assassinaram covardemente. Ficamos com os homens de Gregório e vejamos o que acontece. È risolto! Gaetano, você mandou publicar o anúncio nos jornais?

– Si, começam a aparecer amanhã...

– Acho melhor contratar uns europeus... – insistiu Antonio. E Gaetano, aproximando-se mais de Carmine, e quase ao seu ouvido, disse com ironia...

– Dizem que entre os portugueses sobretudo, há muitos anarquistas, dizem até que sabem fabricar dinamites... Você já pensou? Se esse povo faz uma greve lá na fábrica?

– Nom. Greve? Nom. Primo, vejamos se nos arranjamos com os amigos do Gregório mesmo...

Essa conversa estava sendo travada entre os três irmãos na loja da rua do Colégio quando Servilia trajando um belo e cumprido vestido de seda pura, e usando seu garboso chapéu de penas de ganso, vinha chegando à loja. Após cumprimentar secamente os dois cunhados, falou ao marido:

— Carmine mon cher. Estou vindo da casa da senhora Amélia Pantaleão e ela nos convidou para a missa de ação de graças amanhã às dez horas da manhã na igreja da Conceição da Praia, quando será realizado um culto de graças pelo aniversário da Liga Baiana das senhoras católicas.

— Dez horas da manhã? Io non posso. Em questa hora tenho que estar na fábrica.

— Carmine... — disse a mulher enquanto abria um leque de babados para abanar-se — Você trabalha tanto... Uma manhã que você perca...

— Já disse que non vou, Servilia...

— Mas Carmine, eu já confirmei que nós iríamos... — E Servilia calou-se porque percebeu que Gregório vinha entrando na loja com seus amigos.

— Aqui estão eles, inhô Carmine — disse Gregório apresentando os cinco pretos que o acompanhavam. - Esse é o Xexéu, aquele o Buduga, o outro é Couro Seco, aquele ali magrinho é o Calango, e o último é o Zé de Sarita.

— Perfeito — respondeu Carmine — me parece que servem. Pode levá-los para a fábrica. Mas não me toquem por enquanto nas máquinas até eu chegar lá. Capice? Vou ao porto resolver uns assuntos e depois me dirijo para lá...

— Sim, sinhô. Pode deixar comigo.

Servilia, que observara atentamente a conversa, chamou o marido a um canto, e perguntou-lhe em voz baixa, e em francês:

— Você vai colocar esses homens de aspecto tão repugnante para trabalhar na mesma casa em que moramos?

— Má que tem? Desde que trabalhem direito e sejam honestos, ficam.

E Servilia retrucou em português de modo a ser ouvida por todos:

— Carmine, você está transformando nossa casa numa verdadeira África!

Ao ouvir isto, Carmine deu um murro no tampo do balcão da loja, levantou-se, e foi até a porta. Dali colocou dois dedos na boca e assobiou para Gregório, acenando para que ele voltasse.

– Sim, inhozinho, pode dizer – acudiu Gregório.

– Você lembra que me pediu para que aquela baiana do acarajé, sua amiga, guardasse aqui na loja os tabuleiros dela?

– Sim me alembro sim...

– Pois você diga a ela que a partir de amanhã pode trazer os trastes dela. Má que me tire as sete e meia, na hora que você abre a loja todo dia. Capice?

– Sim, inhô, eu chapisco sim, quer dizer, eu entendi sim, perfeitamente...

Servilia, que escutara todo o diálogo entre Carmine e Gregório, saiu da loja sem dizer palavra, e Gaetano, virando-se para Antonio, falou baixinho:

– Pronto que ela vai passar um mês só falando francês...

XIII

Jornal A Tarde – sexta-feira 23 de outubro de 1914

Os infelizes.
Um dos que imigram para vencer, morto ao abandono.

Esta manhã, nas escadarias da igreja da Conceição da Praia, faleceu, repentinamente, António de Souza, português já grisalho, fisionomia de sofredor. Há dias, não teve um leito no hospital. Morreu de doença e fome.

Servilia não conseguiu que o marido fosse àquela missa. Mas haveria outras, afinal na antiga capital barroca do Brasil, onde Deus e o diabo vivem eterna guerra entre o sagrado e o profano com a mesma regularidade do dia claro e da noite mais escura, o italiano não escapou da promessa que fizera à esposa no ardor do leito conjugal justo naquela hora suprema em que ouviu um sussurro doce de chantagem: "Só se fores comigo na missa das oito horas na Catedral Brasílica logo mais. O padre Botelho nos fez um convite especial. Prometa meu amor..." Deu certo. Carmine sentadinho na igreja ouvindo o sermão do padre:

"Prezados irmãos, esta manhã estamos com a alma em júbilo pela presença de personalidades tão ilustres e queridas em nossa paróquia. Daqui do púlpito sagrado vejo, e faço questão de notar, a presença do nosso industrial, senhor Carmine Alfano e sua esposa, a senhora Servilia, que muito nos têm ajudado em nossas obras de caridade, e hoje vieram à nossa missa. Outros tantos irmãos ilustres e queridos estão presentes, mas o tempo não me permite, contudo, citar a todos, e nem seria preciso porque Deus que tudo vê, e tudo sabe, há de abençoar a todos segundo suas obras.

Hoje, meus irmãos, quero lhes falar também do sério risco que corre a nossa amada Bahia, de ser transformada em covil de lupanares indecentes. A que assistimos meus irmãos, no último carnaval que passou? Assistimos à insidiosa, à nefasta e diabólica mania do tango argentino a que muitos se entregaram nos dias da festa.

Irmãos! Será que agradará a Deus todo poderoso esses cadenciados desfalecimentos a que homens e mulheres se entregam? Acham que agradará a Deus este curvar-se desesperadamente um em cima do outro? Acham que agradará a Deus esta luxúria ao ar livre? Esse delirium tremens? Esta mímica de coito para cinematógrafo? Esta valsa masturbada? – Aqui o padre deu com a mão no púlpito com tamanha força que a bíblia foi ao chão. – Não, meus diletos, meus estimados irmãos. Deus não aceita em seu rebanho sagrado aqueles que desta imundície tomam parte. Nem mesmo a ciência dos homens concorda com essa indecência – parou para ajeitar os óculos. – Um sábio que vive na Europa, após exaustivas observações dos passos necessários a esta demoníaca dança, concluiu que ela é portadora de grandes prejuízos para a beleza feminina, pois nota-se que, em todas as suas apreciadoras, aparecem rugas precoces nos lados da boca, na raiz das sobrancelhas, e o desenvolvimento precoce da papada do pescoço em virtude das posições contrárias à performance natural do corpo humano. Aí está, meus irmãos, até a ciência condena! Oremos para que Deus, na sua divina providência, consiga limpar essas consciências pecaminosas."

Oração em latim.
"Meus irmãos, antes de voltarem aos seus lares, ouçam esse trecho de autoria do nosso querido padre Antônio Vieira para que sirva de objeto de reflexão às nossas consciências. Este sermão foi pregado originalmente em 1655 na igreja da Misericórdia em Lisboa:

Sermão do bom ladrão: O ladrão que furta para comer, não vai nem leva ao inferno: os que não só vão, mas levam, de que eu trato, são os ladrões de maior calibre e da mais alta esfera, os quais debaixo do mesmo nome e do mesmo predicamento distingue muito bem São Basílio Magno.

Não são só ladrões, diz o santo, os que cortam bolsas, ou espreitam os que se vão banhar, para lhes colher a roupa: os ladrões que mais própria e dignamente merecem este título são aqueles a quem os reis encomendam os exércitos e legiões, ou o governo das províncias, ou a administração das cidades, os quais já com manha, já com força, roubam e despojam os povos. Outros ladrões roubam um homem, estes roubam cidades e reinos: os outros furtam debaixo do seu risco, estes sem temor nem perigo: os outros, se furtam, são enforcados, estes furtam e enforcam.

Diógenes, que via com mais aguda vista que os outros homens, viu que uma grande tropa de varas e ministros da justiça levavam a enforcar uns ladrões e começou a bradar: 'Lá vão os ladrões grandes enforcar os pequenos' – neste ponto, o padre deu novo tapa de mão aberta no livro que tinha em mãos e continuou – Ditosa Grécia que tinha tal pregador – o padre tomou um cálice com o sangue de Cristo e concluiu repetindo – Ditosa Grécia que tinha tal pregador. De Vieira irmãos, não esqueçam. E oremos para aqueles tantos que estão aí sem trabalho, sem dinheiro e com fome, ludibriados por ladrões de grossos coturnos. Oremos irmãos..."

Carmine, de braço dado com a esposa, saiu da igreja satisfeito. Afinal estava com os negócios prosperando, sendo notado... Pensou, pensou, chegou mesmo a acariciar a ideia, daquele pedido que Scrvilia lhe fizera para a doação em dinheiro de uma ajuda à igreja visando o conserto do sino da Catedral. Não, ainda não dava para tanto.

★

Naquele mesmo domingo, o governador da Bahia redigia nova mensagem à assembleia legislativa: "Eu, porém, já não tinha, a esse tempo, a mesma tranquilidade de antes, visto que, se as crises da Europa estavam lentamente melhorando, a sua reflexão sobre o nosso país envolvido em grande descrédito, tão grave como injusto, era terrível. Fosse pela dificuldade em que se debatiam, no sul, algumas empresas ferroviárias, que tinham em Paris e Londres aviltados negócios, fosse por haverem falhado outras, em estados do extremo Norte, ao custeio de suas obrigações, já se não faziam contratos financeiros para o Brasil.

Tudo eram então promessas e dilações, multiplicando-se os pretextos da demora do capital procurado e encarecido. Não falta quem pense que a nossa crise, quanto a novos negócios, derivou do excessivo uso de crédito pelos anos do nosso maior progresso, a partir da presidência do ilustre Conselheiro Rodrigues Alves. Só em 1908, vinte e oito milhões de esterlinas, vinte milhões e um quarto em 1909, trinta e dois milhões e três quartos em 1910 e 35.661.000 lbs em 1911. Ao todo em quatro anos, um total de 118.725.000 lbs esterlinas de empréstimo. Esse ou outro motivo, o fato é que não se faziam para o Brasil operações de crédito, principalmente em Paris, onde, aliás, se avolumavam nos bancos, aos bilhões de Francos, as sobras da riqueza particular. Contra a saída para o estrangeiro, agiu fortemente, por todos os meios, o governo da França.

Daí resultou a insistência, cada vez maior, com que eu pedia ao procurador do estado solução ao negócio do empréstimo, que desde 5 de março, senão desde janeiro, se dizia inteiramente fechado na forma da procuração de outubro de 1912, e que até então, só em parte se realizara pela emissão de abril de 1913, de valor de um milhão de esterlinas.

Mantidos, por demais, os adiantamentos, visto que as nossas emissões não se efetuaram em agosto, nem em setembro e outubro, dei prazo a uma resposta definitiva, prometida, com grandes esperanças de êxito, para 5 de novembro."

Em julho de 1914, mês em que Seabra redigia essa mensagem de confissão de dívidas e mais dívidas, a cidade de Sarajevo na Europa foi o epicentro de um conflito que derrubou reis e redesenhou os mapas de metade do mundo. O assassinato do arquiduque Francisco Ferdinando, herdeiro do trono austro-húngaro, e de sua esposa, a arquiduquesa Sofia, no dia 28 de junho, desencadeou hostilidades que começaram em agosto de 1914 e se prolongaram por várias frentes durante os quatro anos seguintes, e entrou para a desastrosa história do século XX, como a Primeira Guerra Mundial.

★

– Perché não vão trabalhar hoje? Vão fazer greve? – perguntou Carmine a Antonio.

– Perché hoje é o novo julgamento do tal assassinato de João de Adão. E até o Gaetano também foi, disse que depois conversa com você...

– Dio mio! Já non basta tanto feriado, tanta festa em questa terra? Desconto o dia de todos eles. Ah, se desconto!

No fórum, onde seriam julgados os assassinos, uma multidão compareceu e teve que ser contida por 30 praças de polícia e 20 guardas civis. O juiz Álvaro Faria abriu a sessão mandando proceder ao sorteio dos jurados. Após os réus serem interrogados e lido o processo pelo escrivão, iniciaram-se os debates, dando o juiz a palavra ao procurador público. O promotor Afonso Amorim começou a falar:

– Senhores jurados. Um cientista, não há muito, estudando as condições dos crimes, sob o aspecto mesológico, ou seja, sob o aspecto das relações recíprocas entre o ambiente e os seres que nele vivem, arrolou grande cópia de fatos para demonstrar que o clima e a região inflem poderosamente nas estatísticas criminais. Nos países tropicais, a delinquência atinge a um índice muito mais elevado do que nos países temperados e frios. As volições e os impulsos decorrentes do temperamento de cada indivíduo estão na influência direta com a região em que nasceram e vivem. Por isso, muitas questiúnculas que poderiam ser dirimidas por simples entendimentos sem outro processo senão o acordo recíproco, em qualquer outra terra, são liquidadas nas regiões quentes, à ponta de faca e a tiros de revólver, ou bordoadas de criar bicho. É porque, nesses países, os indivíduos agem sob o impulso de energias violentas produzidas pelo calor ambiente, pelo regime alimentar e, em suma, pelo meio, pelo habitat e etc.

Os crimes passionais encontram campo vasto na constante sugestão da fantasia, iluminada pelo sol candente dos trópicos, cuja violência se transfunde na alma do habitante que aquece, fá-lo ferver. O homem perde o controle de suas forças, de seus desígnios, não se contém, não se refreia.

Nos climas frios, segundo a teoria do cientista inglês, o nosso sistema nervoso se endurece, perde a flexibilidade e torna-se mais resistente às tensões, portanto menos chocável, menos tangível pelos arroubos das paixões do momento, pelas inesperadas emoções de qualquer hora, pelo imprevisto, finalmente. Ficam fortes. Nas terras quentes, há igualmente maior concurso de sensualidade, volúpia, desregramento de espírito, porque não se pode negar, suporta-se menos trabalho e o cérebro trabalha circunscrito à molície humana.

Contudo, senhores jurados, em que pese esses últimos estudos do comportamento humano, levados a cabo pela ciência que em nossa era conduz o entendimento humano, o que estamos julgando aqui não é um caso de paixões tropicais de momento, ou um crime passional, o que estamos aqui julgando é um crime hediondo, cuidadosamente calculado e praticado. Os acusados agiram como instrumentos perversos de perversos seres, que instigados pelo mais irrisório e miserável dos motivos – a inveja – acordaram na eliminação da vida de um homem trabalhador, morigerado e honesto, só porque este com eles não partilhava o seu trabalho; o crime dos acusados repugna até a ideia, tornando-os indefensáveis. A prova dos autos garante, desde a matéria, à testemunhal, e a indiciatória ou circunstancial estão numa harmonia eloquente.

Senhores jurados, os autos do primeiro julgamento dos réus, anteriormente julgados e condenados, já demonstrou a existência insofismável de todos os elementos do parágrafo primeiro do artigo 294 do código penal e mais das agravantes articuladas, deixando vivamente provada a procedência da acusação que, baseada na verdade dos fatos, e nas provas dos autos, cai esmagadoramente sobre os réus, fazendo prever que a Bahia, por seus representantes aqui do conselho de sentença, decretará a condenação dos acusados nos termos pedidos, pois isso é a essência da sua honra e tranquilidade!"

Neste momento as galerias do júri aplaudiram calorosamente o promotor, com prolongada salva de palmas, gritos e assobios, o que levou o juiz a pedir ordem no tribunal. Porém, no momento em que o magistrado batia seu martelo, e em meio ao burburinho que se formou, uma descarga de magnésio feita por um fotógrafo causou pânico na sala, sendo difícil ao juiz presidente restabelecer a ordem e o silêncio. Após instantes de balbúrdia, em que o juiz ameaçou suspender a sessão, os ânimos se acalmaram, e a palavra foi entregue à defesa:

Começa a falar o major Cosme de Farias, um dos advogados dos réus:

"Senhores, mais uma vez, palmilhando a estrada do dever, iluminado pela estrela da justiça, aqui estou em defesa de dois perseguidos, vítimas de campanha de ódio. Dentro deste processo, senhores, nada há que prove, de modo a exigir a condenação de trinta anos aos acusados, pois até as testemunhas arroladas eram dependentes de João de Adão. O júri aqui reunido hoje irá assistir ao esmagamento deste processo pelo nosso ilustre colega de defesa, o Dr. Caio, que abandonando todas os seus cômodos na Capital Federal, desde o aconchego do seu lar feliz e honesto, até o centro de suas atividades diárias, veio à nossa terra, defender os réus, como advogado dos oprimidos, que sempre o tem sabido ser. Com a palavra o Dr. Caio."

O Dr. Caio, levanta-se, empertiga-se e diz:

"Senhor juiz, promotor, jurados e auditório, minhas cordiais saudações. É meu dever, antes de mais nada, dar explicações ao júri e à Bahia, de minha vinda à terra dos grandes homens em todos os departamentos do saber humano, berço do eminente Rui Barbosa, mestre da ciência do direito e a cuja bandeira do civismo se iniciou na política nacional; mestre em clareza e sinceridade.

O fato, senhores, de eu ter vindo a esta terra tão agradável, tem origem exclusiva, na tarefa que me impus de: como proletário, estar sempre ao lado dos fracos, dos pobres, dos oprimidos e perseguidos. Não é a primeira vez, senhores, que me afasto do lar querido, do meio privado, para acudir às necessidades dos que sofrem. Cito, para exemplificar melhor, o caso da defesa que fiz do marinheiro João Cândido e de seus infelizes companheiros em número de dezoito, para os quais obtive justa absolvição no processo militar a que responderam no governo Hermes da Fonseca. Aludo também à defesa de uma pobre mulher, acusada pela justiça de Petrópolis, de crime de envenenamento na família Saerpe e etc. Mas no caso que nos reúne aqui hoje, acrescento que se está fazendo uma campanha em torno dos fatos onde se levanta, desde a voz dos interessados ao eco das notícias telegráficas e ao bradar da imprensa, que, no momento atual do jornalismo moderno, busca sempre a primazia de informar, recebendo da reportagem os informes colhidos, dando-os à publicidade, sem inquirir, muita vez, de seu grau de veracidade. Daí a possibilidade, sempre verificada, de se tornar pregoeira de fatos e circunstâncias destes que não raro ocorrem diversamente, sem que, entretanto, possa sempre retificar o seu noticiário, dada as circunstâncias de sua vida.

Dessa forma, prezados senhores, é que a campanha que pela imprensa, em constantes reeditamentos se vem fazendo em torno dos acusados, é uma campanha que por si só se destrói quando pomos em confronto os fatos publicados e o que consta nos autos do processo.

Cito senhores Le bom em *Psicologia das multidões*. Refiro-me a Napoleão, e ainda sobre o assunto, invoco, como jornalista que também sou e repilo 'in limine', a campanha da imprensa nos fatos a julgar por este tribunal. Senhores, atentemos para as lições do eminente Ubaldino do Amaral, que nos faz notar que a imprensa se transforma, cada vez mais, em procurante e judicante. Este julgamento, posso asseverar-vos, há de reduzir esta infamante campanha aos seus justos termos, e faço notar ainda que tal é a campanha, que ela mesma agiu no espírito do próprio representante do ministério público, arrastando-o ao apaixonamento. Daí, é que, se analisarmos as frases que lemos na denúncia e na formação, à folha 51 dos autos, admiramo-nos!

Como pode? Como pode, um agente da justiça atirar em folhas de autos, expressões injustas? Termos injuriosos e ofensivos a uma classe trabalhadora e honesta, num país em que somos todos iguais!? Sentimos verdadeira indignação quando lemos e vemos essas coisas atiradas ao proletariado. O proletariado que, com sua voz sensata, prepondera nos países civilizados. Reporto-me particularmente à França e à Itália e tantos outros países em que já se organizaram associações em prol de tão nobre classe.

Peço ao ilustríssimo colega promotor que prove, que documente, que comprove, enfim, quais os atentados praticados por meus clientes. Prove ainda que eles são bandidos e celerados! Ora, ora senhores, são dois injustiçados! Injustiçados que vieram a juízo ainda em 1913 e que não tiveram defesa no sumário, onde, contra eles, aparecem o promotor Madureira de Pinho e o acusador particular. Afirmo, senhores, sem sombra de dúvida, que a campanha que se está movendo contra os inocentes réus, que, quando falamos neste processo, é como se estivéssemos diante de dois facínoras, de duas feras terríveis, quando dos autos, o que deparamos e atestamos é, justamente, prova ao inverso."

Por horas a fio, seguiram-se protestos, réplicas, tréplicas, contraprotestos e mais protestos. Às dez horas da noite os jurados se reuniram e deliberaram: todos os quesitos em número de quinze, com agravantes para os réus foram respondidos por unanimidade de votos, com exceção do que se refere ao ajuste de 50$000 para a perpetração do crime que obteve dez votos contra dois. Fica mantida a sentença de 1913. Trinta anos de prisão para os srs. Guido e Nozinho da cachoeira. Os advogados de defesa vão apelar para o Superior Tribunal de Justiça.

★

Às dez horas da noite desse dia, Carmine Alfano, sozinho, revisava os maquinários da fábrica. Já mais calmo, pensou nos operários, pensou em Gaetano com seu senso de justiça tão acentuado, pensou em Gregório, exemplo vivo de tanto sofrimento desde o berço, e da labuta na escravidão. Acabou dizendo para si mesmo: per biene, brigo e esbravejo amanhã com esses senhores, mas não desconto nada de ninguém, Vá; uma causa justa merece amparo. É fazer de conta que não aconteceu... Estranhamente lhe veio à mente a lembrança daquela missa que assistira com Servilia, e do sermão do padre quando afirmara: "Lá vão os ladrões grandes enforcar os pequenos."

Krishnamurti Góes dos Anjos

Um dia de fábrica parada. Foi o único prejuízo que João de Adão causou a Carmine Alfano. Assim mesmo depois de morto. Não restam dúvidas... O Crime do Caminho Novo não tem nexo com o julgamento de Carmine Alfano. As coisas desatam-se, confundem-se...

XIV

Jornal A Tarde – quarta-feira, 4 de agosto de 1915
O êxodo da fome. Os que abandonam a terra da luz e da seca por São Paulo. Apiedai-vos do Ceará.

A bordo do vapor Pará, ancorado no porto, transpusemos a prancha de comunicação com o paquete do Lloyd. À proa, estendia--se uma multidão de homens magros, de fisionomia de enfermos. Eram cearenses que tinham abandonado o casal longínquo, a lareira, o fogo morto, as roças áridas, de esterilidade de areal da Núbia. Os olhos de quase todos tinham um brilho de febre, A catástrofe do sol secando-lhes as ribeiras, as fontes, parece que lhes estancara a nascente de lágrimas.

Mas com certeza nas retinas ficara a paisagem da terra distante, tão madrasta por esses períodos de provação da seca, mas tão linda e boa quando as regas a chuva do céu...

... TODOS COM DESTINO AO ESTADO DE SÃO PAULO...

Não havia, em torno, ontem, dessa narração acabrunhadora, um coração que não doesse de tamanha miséria e dor.

– Eu penso que a Itália há de manter-se neutra, Gaetano...

– Si, também acho, mas as coisas estão fervendo na Europa com essa guerra que ameaça se propagar em todo o continente... Minha cunhada Servilia a todo momento pede ao Carmine que a deixe ir visitar a mãe e uma irmã que ela deixou em Paris. Já Antonio, que acha que a guerra não dura muito tempo, diz que quando acabar, e as coisas serenarem, ele vende a parte dele na fábrica para o Carmine, e volta definitivamente...

– E tu, amigo Gaetano, – perguntou Egas Muniz – pretendes voltar também?

– Nãooo, e deixar a minha Bruna? Não. Se voltar, volto com ela...

– Então já pensas em casar?

– Si. Non, vejamos como as coisas ficam...

– Pois está muito bem, caro Gaetano. Guerras na Europa, falências por aqui, está uma perdição este mundo. Eu já me vou. Deixo-te o jornal de hoje. Já lestes?

– Não.

– Aqui está.

Anoitecia. Os sinos das igrejas dobravam anunciando a hora da Ave Maria. Gaetano deu uma olhada na manchete do Jornal: "As falências de 1914 – 76 firmas quebraram com 6 mil contos de passivo". Também, com tanto imposto! – pensou Gaetano. Escurecia, e a pastelaria Mundo Europeu preparava-se para fechar as portas.

XV

Jornal A Tarde – sexta-feira, 20 de agosto de 1915
O batismo de dois Maometanos

Deverão ser batizados amanhã, por se terem convertido ao catolicismo, os árabes maometanos Mamede Alexandre e Mamede Almeida, residentes em Pirajá.

Portas se fechavam, portas se abriam, e na Bahia daqueles anos até portinholas foram motivos de guerras. Certa manhã, ao dirigir-se para a loja da rua do Colégio, Carmine encontrou, pouco além do largo do Palácio, uma aglomeração de populares que bradavam contra a prisão do conhecido espanhol Nicolas Guillém, que insurgira-se contra o fechamento e destruição de um quiosque de sua propriedade.

Três praças de polícia conduziam à força o espanhol. De quando em quando, este se revoltava, tentava libertar-se e gritava:

— Vocês bam a soltar-me! Contratam-me em Vigo para vir a cá trabajar, e non me pagam!

— Vamos para a delegacia — respondia um dos policiais.

— Non vou! — e tornava a espernear, e a gente anônima que acompanhava aquele séquito gritava:

— Não vá mesmo não!

— Não vai!

Um dos guardas pretendeu convencer o povo de que os quiosques com aquelas imundícies de cachaças e tira-gostos eram os responsáveis pela propagação de tantas doenças na cidade e que o governo já baixara posturas contra sua existência, mas a multidão, que a cada momento crescia, continuava bradando:

— Solta o homem. Ele vai viver de quê?! — bradou uma mulher — Solta o homem!

E da turba revoltada uma pedrada acabou acertando a cabeça de um dos policiais que irado sacou da arma e deu dois tiros para o ar. O povo debandou em correrias. Porém logo um clamor desafrontado encheu novamente a alma daquelas pessoas que seguiam atrás da patrulha vaiando. Carmine abrigara-se às portas da alfaiataria Spinelli e pôde ouvir a voz do espanhol que continuava gritando desesperadamente:

— Si no trabajo, me matam, si trabajo, me matan lo mismo porra!

Carmine seguiu seu caminho e encontrou, parados na porta de sua loja, Gregório e um preposto da limpeza da cidade. Gregório ao ver o patrão disse:

— Inda bem que inhô chegou, seu Alfano. Este cabra aqui quer que eu assine por força este paper aí com o nome da firma. E eu já disse que não assino nada aqui sem sua ordem. E ele está numa pressa que inté parece que tá sofrendo de sangria desatada! Ochê!

O homem ia responder a Gregório, mas Carmine interveio.

— Má quê? De que se trata senhor? Deixe-me ver, é uma notificação?

E o homem entregou-lhe um livro preto que continha um abaixo-assinado. Estava escrito no início da primeira página: "Aos senhores Drs. Intendente e Diretor da Higiene Municipal e ao Governador do Estado.

AO PÚBLICO.

A empresa de asseio da cidade, para desfazer as calúnias e informações pouco sérias prestadas a alguns jornais desta capital, por indivíduos sem escrúpulos, julga necessária a publicação de importantes firmas que atestam que este serviço está sendo feito com a máxima regularidade.

Não serão os gritos dos despeitados ouvidos pela parte sensata desta população e, apesar da falta de luz, do calçamento irregular e estragado na maioria das ruas, do velho hábito de se atirar lixo nas vias públicas, tem a empresa cumprido o que contratou com o município.

Nós abaixo assinados, moradores e negociantes das freguesias respectivas, atestamos que a atual empresa de asseio faz diariamente a colheita e varredura das nossas freguesias. — 5 de janeiro de 1916".

Carmine olhou para o homem, olhou para a rua onde a carroça suja e estragada do lixo estava sendo fuçada por um vira-lata vadio, balançou a cabeça com desalento, e respondeu rispidamente:

— Non firmo nessuna dannata petizione! Ora sii paziente! La strada oggi sembra più sporca che mai! — pediu perdão, e tornou a dizer desta vez em bom português "não assino porcaria de abaixo assinado nenhum! Ora tenha paciência! A rua parece hoje mais imunda do que nunca!"

Dias depois, o governador ao receber o abaixo-assinado sorriu satisfeito. Afinal a Bahia custava, mas estava se modernizando. Pensou mais que, em breve, todos os quiosques existentes na cidade seriam varridos do mapa.

XVI

Jornal A Tarde – segunda-feira, 17 de janeiro de 1916
Um drama que acabou numa comédia e na polícia

De quando em quando, quebra a monotonia da cidade um romance de amor, cujo epílogo é trágico. Esse que vamos noticiar, começou prometendo sensação aos espectadores, mas felizmente acabou na polícia, sem barulho e com um ligeiro ferimento num dos protagonistas.

Duas horas, anteontem, a Praça Castro Alves estava deserta e, de quando em vez, se ouvia o fonfonar de um ou outro auto na zona, e o gargalhar de gente habitueé dos clubs. Súbito surge a simpática figura de um sírio, bem trajado, e depois de estacionar um pouco no meio da praça, dirigiu-se ao hotel Paris.

Lá chegando encosta-se a uma bica e começa a subir em direção das janelas do primeiro andar. A patrulha de polícia, que rondava o local, supondo-se tratar-se de um gatuno ousado, dirige-se às pressas ao hotel, mas o moço já havia galgado a janela.

Interrogado pela polícia, ele assim se explica:

"Sou um caixeiro viajante de nacionalidade síria, tendo sido educado na França. Em Pernambuco, encontrei uma mulher por quem me apaixonei, gastando com ela muito dinheiro, dando-lhe joias e vestidos caros. Por último partimos juntos para essa cidade. Ontem Adélia pediu-me que partisse deixando-a livre. Não quis aceder. Por último apareceu-me com uma passagem que havia comprado para mim, insistindo que eu fosse embora. Prometi que partiria e cheguei a ir até o vapor, mas não resisti, voltando." A polícia, prevendo que se desenrolasse alguma falta mais grave, levou o mancebo para o xadrez da secretaria de polícia, deixando a tal Adélia no hotel onde estava hospedada.

Pouco depois, estava a prisão em alvoroço, porque o sírio tentava suicidar-se, batendo com a cabeça numa pilastra. O sargento responsável retirou-o dali, acalmando-o com palavras conselheiras. Ele adormeceu mais resignado.

Krishnamurti Góes dos Anjos

— Com a United Machinery Company do estado do Maine, Estados Unidos, senhor Carmine.

Isto era dito por Sampaio ao chefe da firma Alfano & Cia., quando se dirigiam para a reunião convocada pela Associação Comercial do Estado da Bahia. Carmine inquiriu:

— A fábrica Stella da qual o senhor é proprietário não já fabrica uma boa quantidade de calçados?

— Fabrica. Porém, com o arrendamento dessas duas máquinas fabricaremos mais ainda. Veja, aqui está o contrato. Tem vinte e seis itens, pode ler...

Os dois pararam debaixo de uma frondosa jaqueira para que Carmine pudesse ler. No segundo item do contrato, entendeu que a expressão "máquinas arrendadas" se referia a todas as máquinas da fábrica, mecanismos, ferramentas, utensílios, peças em duplicata, sobressalentes e peças de toda a espécie e denominação. E mais, ficava também acordado que as máquinas jamais poderiam ser compradas pela fábrica Stella.

Neste trecho da leitura, Carmine parou, olhou para Sampaio e perguntou:

— Tu assinaste isto?

— Assinei.

Carmine voltou a ler até o item 13 do contrato que estabelecia como obrigação do arrendatário, pagar mensalmente royalties por par de calçado fabricado ou consertado. Aqui, Carmine entregou o contrato a Sampaio e disse:

— Io non assinava isto. Ma quê? Quanto custam as máquinas, senhor Sampaio?

— Quatrocentos e cinco dólares cada uma. Mais 440 dólares que a United Shoes cobrará para a instalação.

E Carmine retrucou:

— Andiamo senhor Sampaio, Andiamo senon chegamos atrasados à reunion...

Na Associação Comercial, mais de quatrocentos comerciantes se reuniam para debater, formular propostas e deliberarem sobre os constantes aumentos dos tributos, impostos pelo governo. No documento que produziram e foi enviado à governadoria, ficou registrado que estavam se manifestando porque "Continha o novo orçamento, sem razão que tal justificasse, grande aumento de contribuição em relação ao orçamento em vigor".

O governador do estado não compareceu à reunião e muito menos enviou representantes. Estava muito ocupado, ocupadíssimo escrevendo projeto de lei sobre a necessidade de lançar as apólices do empréstimo popular de 1916, limitado a um capital de cinco mil contos.

★

Muitos e difusos interesses em choque. Na redação do jornal Diário de Notícias, o engenheiro civil Gerônimo Martins, queria por força publicar longo e minucioso trabalho protestando contra o governo que poderia se resumir em uma única queixa. "Protesto pelas modificações no projeto original de remodelação da cidade e pela falta de pagamentos."

XVII

Jornal A Tarde – sexta-feira, 10 de março de 1916
A luta religiosa na Bahia. Em plena capital conflagram-se muçulmanos e cristãos. Mortos e feridos.

De tempos a essa parte, nas ruas em que é mais densa a colônia turca, irrompem conflitos, perturba-se a ordem, tendo-se dado já cenas de sangue.

Ontem, porém, à noite, à rua dos Capitães o movimento assumiu proporções alarmantes, de verdadeira luta armada, sendo trocados tiros e caindo, ao deflagrar de pistolas e dos revólveres, dois cadáveres, registrando-se ainda vários ferimentos.

Sindicando dos motivos que determinaram esse motim de tão graves consequências, soubemos que eram de ordem religiosa, de choque de fé entre maometanos e cristãos. Naquela rua moram turcos para quem Deus é Deus e Maomé seu profeta. Ora, os turcos que aceitam a verdade religiosa de acordo com o dogma do Patriarcado de Jerusalém não toleram nem respeitam o islamismo.

Daí a contínua desavença entre eles, terminando as contendas perenes em epílogos de sangue. Mas é preciso que esses colonos, que vivem num país de absoluta liberdade de confissão de credos, respeitem as nossas leis, não provocando tumultos, não transformando os nossos centros civilizados em teatros de matança como na Armênia. Hoje era de 42 o número de presos.

Ao retornar da cidade de Santo Amaro, onde mais uma vez fora, desta feita a pedido de João Gualberto Freitas, Carmine vinha introspectivo, como quase todos os mudos passageiros do trem. No vagão em que viajava, sentia o rodar áspero da composição sobre os trilhos. De quando em quando observava na estreita janela a que tinha acesso, ruínas de outrora prósperos engenhos onde o desenvolvimento se estagnou, de onde o capital fugiu e os homens fortes, aptos a trabalhar se foram em busca de caminhos promissores. O entorpecimento causado pela monotonia da viagem o fazia rememorar propostas e conversas que tivera há poucas horas...

"Parece que a fazenda do Freitas caminha para a inevitável ruína, como tudo o mais aqui... termina ficando assim como esses prédios abandonados, sem serventia. Ele até, como me disse, penhorou parte de suas terras. E ainda assim os credores lhe batem às portas... não consigo entender... dois déficits sucessivos na safra da cana e continua a insistir nesse plantio. Notei-lhe até uma ponta de aborrecimento quando sugeri que alternasse os cultivos, fizesse o plantio de cereais, afinal não seria mais negócio plantar milho, e feijon que dão maiores lucros? Como ele pode insistir só na cana de açúcar. Ficar a esperar que o preço suba? Segundo ele mesmo afirmou, sempre foi assim... Como esperar que, com o pouco que lhe entra das vendas do pequeno rebanho que ainda subsiste, e de alguns loteamentos em que vai se desfazendo da terra se sustente por muito tempo? Não sinto que os brasileiros possuam uma vontade resoluta que propicie a empreender mudanças, talvez porque disponham de uma das maiores nações da terra. Embora sejam trabalhadores, definitivamente não possuem um espírito determinado para mudanças significativas, esperam e esperam... Positivamente a oferta que fez de vender-me uma pequena fazenda em Rio Real não me atrai, ao menos não agora... Não, no momento não há capital, sobretudo agora que tive que entregar em dinheiro os vinte e cinco por cento da parte de Antonio que entendeu de voltar à Nápoles... É vero, e pensar que por causa dele e de Gaetano preferi desmontar a fábrica em São Paulo e transferir tudo para aqui... também não o posso obrigar a estar aqui. Já fez sua escolha. Mas o que me causou viva impressão foi o aspecto físico do amigo Freitas. Anda barbudo, envelhecido, magro... Se deixar estar naquela fazenda lutando contra cupins, saúvas, nuvens de gafanhotos e outras pragas... seus poucos colonos pela mesma forma, magros, inertes, sem forças... E a mulher? Viajando? Diz que está acompanhando a filha no internato... E a tal menina, a tal filha única? ... Engraçado, eu a vi somente uma vez... Filhos... quisera eu ter os meus, já com Servilia há dez anos e nada. Quantas vezes me pergunto, serei eu que não posso gerar filhos? Será ela?... é angustiante esta dúvida... Servilia... a primeira vez que nos vimos no desfile da tropa, e ela aquela francesinha linda de Lyon estava ali... observando a mim, ou a farda de Capitano dell'esercito, como ela disse que era linda a farda... às vezes penso que ela amou a farda... esqueceu de amar o homem dentro dela... Ela se encanta com o poder que o dinheiro pode trazer... podia me ajudar nos negócios, mas nem liga, prefere estar sempre metida naquela tal liga das senhoras católicas baianas, ou com revistas de moda europeias, ou chás e missas. Nunca falo sobre isso, mas sinto que fica cada vez mais indiferente ao me ver sujo de graxa no meio dos operários. O tal fino trato francês... é trabalhar e trabalhar, assim que as coisas melhorarem um pouco mais, peço autorizzazione aos proprietários do prédio da fábrica e faço mais um pequeno galpão para estocagem de material... E ainda tenho que correr atrás do pagamento das cento e trinta camas que fabricamos para a penitenciária...E vou reinvestir! Quando será que acaba questa guerra na Europa?"

Afinal Carmine desceu do trem na estação, comprou um jornal e começou a ler a manchete da primeira página:

XVIII

Jornal A Tarde – segunda-feira, 13 de março de 1916 - A indústria do contágio e da moléstia. Uma firma comercial aproveitava para seu negócio colchões e travesseiros do lixo.

Como castigar exemplarmente este atentado? Não temos no vocabulário palavras que queimem como cautério, para castigar esse exemplo sacrílego e que atentava contra a saúde pública, apunhando no lixo colchões e travesseiros de enfermos de todas as moléstias contagiosas aproveitando-lhes os enchimentos para a mesma indústria.

Em quantos lares, a moléstia não irrompeu, a varíola, a peste, a tuberculose, a febre amarela, tombando pais de famílias, matando crianças! E foram eles, o fúnebre incinerador e seus fregueses que bateram moeda sobre a morte. Que lhes importava que dentro da palha roubada ao fogo fosse um viveiro de micróbios? O que queriam era dinheiro, embora com a desgraça da freguesia... Eis como se fazia o negócio hediondo. Há meses um empregado da empresa de asseio, destacado no forno de incineração à Fonte Nova, em atraso de seus ordenados, cogitou de um comercio de obter dinheiro. Não lhe custou muito isto.

Todos os dias, à chegada das carroças com o lixo a ser incinerado, investigava onde havia colchões e travesseiros servidos por pessoas doentes e que foram postos fora, separando-os cuidadosamente. Depois que terminava o seu trabalho no forno, Antônio conduzia os colchões à noite, para os fundos de um açougue à Fonte-nova, abria-os retirando toda a palha que no dia seguinte era vendida aos Srs. Alfano e Cia., estabelecidos com fábrica de camas de ferro e colchões à rua do Caquende. Aqueles senhores aproveitavam-se, sem nenhum escrúpulo, daquela palha para encher colchões e travesseiros que por eles eram vendidos. Este fato teve divulgação e chegou ao conhecimento do Sr. Amaral Moniz, inspetor da higiene municipal, que resolveu providenciar a respeito. No sábado destacou o funcionário da repartição Annibal Silvany, incumbindo-o das diligências. O Sr. Silvany, depois de ter ido ao referido açougue *onde encontrou em depósito certa porção de palha, interrogou o empregado do asseio, que confessou o seu proceder, dizendo que aquilo fazia para arranjar mais dinheiro. Levado o fato ao conhecimento do Sr. Mario Imbassay, contratante do asseio, este demitiu incontinente o empregado. E qual o castigo para a firma que explorava esse negócio criminoso?*

– Puta que os pariu! Puta que os pariu!
Berrou Carmine a plenos pulmões e em bom português o palavrão da língua de Camões, para surpresa e indignação dos circunstantes da estação. A ira que dele se apoderou foi tamanha que a maleta de viagem e o guarda-chuva foram ao chão, quando acabou de ler a notícia da "Indústria do contágio e da moléstia."
Por sorte, Gaetano, que lera a notícia antes dele, correra à estação e encontrou-o justamente quando ele proferia o desabafo. Os dois se encontraram e começaram a falar em napolitano. Falavam alto, gesticulavam. Carmine lascou o jornal e dizia ao irmão que iria já e já, enfiar aquele jornal em tal lugar assim assim. Os dois faziam uma inferneira na estação. Juntaram pessoas, e um guarda civil apitou, houve protestos, e a custo, Gaetano, que sabia do que era capaz o irmão, convenceu-o a não agir pela violência, mas pelo Direito. Procurar um advogado seria o mais apropriado no momento. Carmine gritava possesso:
– Não é possível! Nada, nada nada, pode prosperar numa terra assim, repleta de invejosos vingativos e caluniadores! Nada prospera. É o jogo da terra arrasada isto aqui. Puta que os pariu!
Daí a dois dias, os jornais *A Tarde*, *Diário de Notícias* e *O Imparcial* publicaram a seguinte nota:
"AO PÚBLICO
Há nove anos estabelecemos nesta capital a indústria do fabrico de camas de ferro, colchões e travesseiros. Depois de muito trabalho e grande esforço, conseguimos ver realizados os nossos desejos, porquanto o produto da nossa fábrica era bem aceito por todos e a nossa freguesia crescia diariamente. Nosso estabelecimento principal foi visitado e inspecionado por prepostos da higiene do Estado e do Município e jamais fomos acusados de qualquer falta. Mesmo no tempo em que os agentes da Higiene do Estado se tornaram mais rigorosos, nós não sofremos a menor pena.
Do asseio da cidade sempre se incumbiram pessoas de grande conceito; o próprio Município chamou a si esse servi-

ço e jamais surgiu contra nós a acusação de que comprávamos capim destinado aos fornos de incineração, para aplicar na confecção de colchões e travesseiros. No dia em que surgiu a denúncia, chegara da cidade de Santo Amaro o sócio principal da nossa firma, que ali comprou grande quantidade de capim para o trabalho de nossa fábrica e os próprios médicos da higiene, incumbidos da diligência, tiveram ocasião de verificar, em nossa fábrica que os colchões e travesseiros ali existentes eram preparados com material novo.

Tudo isso indica que inimigo oculto, algum espírito perverso tenta manchar a nossa honra e a boa fama que sempre gozamos nesta grande cidade. Ontem prometemos ao público que por todos os meios de Direito havemos de provar a falsidade da acusação. Para esse fim, constituímos advogados que vão agir. Do que ficar apurado, será o público sabedor.

Bahia, 17 de março de 1916.

Alfano & Cia."

XIX

Jornal A Tarde – segunda-feira, 9 de outubro de 1916 – Protesto e defesa. A colônia Russa ao público.

Iniciando, conforme anuncia, uma campanha contra a propagação da prostituição nesta cidade, o jornal Moderno, de anteontem, inclui entre os exploradores desse comércio ignóbil, toda a colônia russa domiciliada nessa capital. Ela é bastante conhecida, devido ao gênero de seu comércio – Miudezas e Modas – pela exma., e honrada família baiana, de sorte que, não fosse o dever de protestar contra a leviandade daquele jornal, e estaríamos dispensados de vir a público.

Fazendo o seu libelo contra os cafetões, escreveu o jornal Moderno, este insulto, lançado em cheio contra a colônia russa: "*Torpe mister de degradados estrangeiros, polacos, austríacos, russos e sírios disfarçados de franceses e belgas, o cafetismo já se espraia entre as nossas classes menos preparadas para lhes resistir.*" Essa acusação é caluniosa e admira que um jornal que se gaba de ser criterioso a formule sem detido exame.

Que ela é caluniosa, não precisamos, para demonstrar, mais do que citar nome por nome, com a profissão que exercem, os súditos russos que residem nessa bela capital. Essa lista é a seguinte: [lista com o nome de 33 ambulantes, seis estabelecidos com casas de negócios].

Para que o público baiano aquilate de quanto é injuriosa à colônia russa o qualificativo que lhe deu o jornal Moderno, acrescentaremos que muitos de nós já constituíram famílias aqui, são casados e têm filhos baianos, que protestam, conosco, contra o labéu que nos lançou este jornal, felizmente sem circulação.

Apelamos também para o honrado comércio desta praça, com o qual negociamos, para que nos ateste a lisura ou não da nossa conduta, do nosso procedimento, tão honrado quanto o que mais for. É o que nos compete dizer como protesto à iníqua provocação de que fomos vítimas.

Pela colônia russa: SB / IC e AT.

— Eu não sei o que acontece com esse povo, doutor Egas. Nesses poucos anos em que estou no Brasil, o que observo por toda parte, com ligeiras variações de intensidade, é uma baixa estima do povo, uma inferioridade que se contenta com muito pouco, e não admite mudanças. É como se os brasileiros não conseguissem se livrar da mácula da escravidão, e de colônia dominada, que continua a existir sob outras máscaras. O brasileiro precisa desaprender esse pessimismo convivendo com apática esperança religiosa. Tudo que se pretende mudar de verdade aqui, esbarra na tradição poderosíssima da permanência... Não se mira no exemplo concreto daqueles que querem fazer diferente, que querem mudar a sociedade para melhor, parece-me que não suportam olhar horizontes mais largos. E estranhamente, por outro lado, há aqui uma mistura de mania de grandeza de braço dado com uma sina de derrotados, tudo junto e misturado...

Egas Muniz olhou fixamente para Gaetano por alguns segundos, ajeitou o pincenês no nariz e respondeu com tristeza na voz:

— Meu amigo, é verdade... É verdade, somos de fato assim, e creio mesmo que muito disto se deve à escravidão que perdurou por mais de trezentos anos... E é por isso também, que temos cá dois adágios populares que traduzem parte de seu pensamento. São eles: "Farinha pouca, meu pirão primeiro." E o outro é: "Santo de casa não faz milagre." Mas conta-me, em que ficou a defesa de vocês contra aquela acusação ridícula da palha do lixo nos colchões?

— Carmine quase morre de raiva com aquilo. Contratamos um tal Pacheco Mendes como nosso advogado, mas non deu em nada. O máximo que ele conseguiu apurar foi que haviam feito uma denúncia anônima na redaçon do jornal. E, em sendo anônima, non há acusado, e non havendo acusado, non há processo. O sujeito que disse que nos vendia palha podre sumiu no mundo, e ninguém o encontra. Ficou o dito pelo non dito. E ninguém responde nada...

— É um despautério completo...

– Ficamos nós com o prejuízo. Meses sem vender uma só cama. Servilia esteve por uns quinze dias sem pôr os pés na rua, e Carmine a despeito de toda aquela falação, meteu-se a fabricar um grande estoque. Aí está no que deu. Depois o tempo foi passando, as pessoas esqueceram aquela injuria e pronto. Mas eu não tolero isto amigo Muniz, non me conformo com tanta resignação, com esta resignação!

– Entretanto Gaetano, tudo parece estar chegando a um limite... Sabes o que aconteceu hoje no tesouro? Quando o contínuo abriu pela manhã o portão que dá acesso ao Tesouro Municipal, foi tomado de pânico. Eram nada menos que duas bombas de dinamite, uma amarrada na outra, que foram jogadas no pátio interno. A princípio ele julgou tratar-se de algum feitiço. E cautelosamente ao se aproximar verificou ser dinamites, e abriu a boca no mundo!

– Má não e sorpresi! Do jeito que vão as coisas, isso vai é danar-se cada vez mais. A carestia nas alturas, o funcionalismo com fome, falência por toda parte... assim não é possibile... Só uma bela de uma rivoluzione! Má qui, a maioria non sabe nem o que é proletariato...

Krishnamurti Góes dos Anjos

XX

Jornal A Tarde – quinta-feira, 11 de julho de 1917
Outros mistérios.

Três horas da madrugada de ontem, um guarda noturno da Vitória avistou dois indivíduos que, cautelosamente, depositavam um caixote bem fechado, no largo da Graça. Interrogados sobre o conteúdo do caixão, José do Nascimento e Catharino Dias, os portadores, nada souberam explicar, e o guarda levou-os, e também o caixão, para a primeira delegacia. Às 14 horas de ontem, foram apresentados ao delegado e contaram:

Saíam do trabalho, quando a espanhola Manuelina, estabelecida com taverna às quintas da Barra, chamou-os para conduzir aquele caixão, o qual deveriam deixar ficar debaixo de uma árvore no largo da Graça. Receberam a importância do trabalho, não sabendo, no entanto, o que continha o caixão. Aberto este, verificou-se:

Estavam ali acondicionados, mortos, um bode preto, dois pombos, com alfinetes na cabeça, duas galinhas com roupas e lações de fita, 90 moedas de cobre de 40 e 20 réis e pipocas com azeite de dendê. O bozó foi preparado numa casa nos Coqueiros da Piedade. Inteirado de tudo, o delegado mandou pôr em liberdade os dois condutores do caixão, e intimou Manuelina para ir à sua presença.

Que tristeza, amigo leitor, esperávamos encontrar na defesa dos Alfano o grande advogado Madureira de Pinho. Mas não, encontramos um ineficiente Pacheco Mendes. Desânimo. O tempo foi andando sem se perder a si e, nas páginas dos jornais, a sequência de manchetes sem a menor importância:

"Os alemães dos navios apreendidos no porto de Salvador estavam morrendo de febre amarela em São Lázaro / A carestia do pão / Começou ontem o protesto popular / Para o povo há patas de cavalo / A procissão dos lixeiros sem receber salários à Intendência / A lição de São Paulo – grave por toda parte / A greve explodirá na Bahia? / Um plano horrível contra a Chemins de fer. Das dinamites nas pontes à paralização do tráfego / A carestia da carne. Qual a razão da alta? Mais de cem réis um quilo de carne! / O acadêmico Souza Gallo fará comício hoje na Praça Rio Branco / Os atacadistas baianos que importam e comercializam a farinha de trigo não têm culpa pela alta do preço do pão. A culpa é dos espanhóis que exercem a primazia no ramo das padarias."

Tudo chato... tudo sem nenhuma repercussão, nem mesmo a declaração que deu certo alemão, o senhor Erich Remarque que também foi acometido de febre amarela e passava os dias repetindo laconicamente: "In westen nichts neues", que seus compatriotas traduziram por: nada de novo no fronte. Que tristeza. O mês de agosto inicia-se com muita, muita chuva. Também coisa boba...

XXI

Jornal A Tarde – segunda-feira, 6 de agosto de 1917
SEGUNDA EDIÇÃO

O povo foi espingardeado na praça da Piedade.
Só na assistência estão em curativo treze feridos.
Foi à bala a resposta do protesto de fome.
A atitude da Associação Comercial em favor da baixa dos gêneros.
As padarias Jandaia e Universal apedrejadas pelo povo.

XXII

Naquele agosto absolutamente chuvoso fica suprimida a manchete de jornal. Registra-se apenas uma pequena nota de rodapé...

Jornal Diário de Notícias – sexta-feira, 10 de agosto de 1917
Uma parede desabou!
Ontem pela manhã, desabou com grande estrondo o oitão da fábrica de camas ao Caquende, dos Srs. Alfano & Cia. Os prejuízos montam cerca de 5:000$000, perdendo-se no sinistro um motor que teve a mola principal arrebentada. O corpo de bombeiros compareceu ao local, nada mais tendo a fazer. O prédio onde funcionava a fábrica de camas pertence ao Coração de Jesus.

Naquele dia, como nos demais, mal o dia amanheceu e encontramos Carmine em frente ao espelho a se barbear. Com o rosto tomado pela espuma, acabara de fazer a primeira passagem da navalha na barba, quando ouviu um pequeno estalido vindo do prédio da fábrica. Como estivesse no banheiro principal localizado nos fundos do terreno, julgou a princípio, que o vento forte daquela manhã chuvosa, derrubara alguma coisa. Segundos depois desse estalo, o estrondo terrível. Toda a parede lateral direita da fábrica veio abaixo levantando grande nuvem de poeira. Com o susto, a navalha resvalou em seu rosto, provocando-lhe um pequeno corte. Ao ver o que sucedera, gritou desesperado:

– Cáspite, má que sucesso com questa casa?

E ao se deparar com os escombros da parede, seu primeiro pensamento foi para Servilia e Gaetano que ainda dormiam no andar de cima. Saiu do banheiro correndo em direção à fábrica. Gregório, que despertara assustado com o estrondo, seguiu-o de baixo da chuva forte e foram encontrar Servilia e Gaetano já na sala de baixo, perplexos com o ocorrido. E todos se deram conta da triste decorrência: a "linha de produção", como Carmine orgulhosamente chamava a sequência de fabricação das camas, estava completamente destruída. Parte da parede desmoronara justamente sobre o motor principal, cujo eixo fornecia rotação para várias máquinas. De cuecas e camiseta, ele andava desolado de um lado para outro, ao tempo que a barba espumosa ia ficando vermelha em virtude da mistura com o sangue. Ele bradava irado...

– Dio mio, que miséria... que desgraça...

Daí a poucos instantes, como se a chuva forte houvesse cessado, o portão da frente encheu-se de vizinhos. Todos queriam ajudar de alguma forma. Carmine pusera-se a retirar com as próprias mãos os escombros de cima das máquinas. Gaetano, Gregório e alguns populares também ajudavam retirando pedaços de parede e madeiras. E Carmine repetia:

– Assim é a falência... que miséria...

Alguém se lembrou da urgência de escorar outros trechos do telhado que ficara intacto, pois havia a possibilidade de vir abaixo o resto do edifício. E logo começaram a realizar este serviço. Não se sabe de onde apareceram caibros, ripas, tábuas, pedaços de estroncas, e todo aquele final de semana foi uma correria para salvar o que ficara de pé.

Os dias seguintes confirmaram o vaticínio de Servilia de que Carmine estava transformando a casa numa verdadeira África. Depois de consertarem as máquinas, os italianos transferiram a linha de produção para o lado esquerdo do salão. Deste lado, trabalhavam os negros Gregório, Xéxeu, Buduga, Couro seco, Calango e Sarita. Do lado direito, Gaetano montara um andaime e chefiando um grupo de operários negros tratava de soerguer a paredão que desabra. O "aspecto de África" não se limitava ao elemento humano negro, sobretudo do lado direito, onde em meio aos operários, se misturava toda uma parafernália de escoramento com galhos de árvore que incluía até folhas de bananeiras no lugar do telhado, ótimas para a vedação contra chuva e sol. Em meio a esta balbúrdia, Carmine, incansável, dava ordens, empilhava perfis metálicos, arrumava rolos de arame, supervisionava a fabricação e pintura das camas e também ia atendendo aos inúmeros enviados dos proprietários do prédio, que a todo momento interrompiam os trabalhos para fazer anotações e medições.

Dias depois, quando Servilia saía para a missa das oito, um homem bem trajado, carregando uma pequena pasta de couro, perguntou-lhe:

– Bom dia, senhora, os proprietários da fábrica estão?

– Sim, estão – ela respondeu – estão lá dentro, o senhor pode entrar se quiser...

– É que sou oficial de justiça, e tenho aqui um documento que preciso entregar em mãos dos responsáveis pela fábrica.

– Pois então o senhor pode entrar e procurar meu marido Carmine Alfano:

PETIÇÃO – AÇÃO ORDINÁRIA JUSTIÇA CIVIL
AUTOR: COLÉGIO DOS ÓRFÃOS DO SANTÍSSIMO CORAÇÃO DE JESUS
RÉU: CARMINE ALFANO

Exmo. Snr. Juiz de Direito da Vara Cível
Ao Escrivão Gouveia
Bahia, 06 de setembro de 1917

Diz o Colégio dos Órfãos do Santíssimo Coração de Jesus, instituição pia estabelecida nesta cidade, com sede ao largo da Cova da Onça, que o italiano Carmine Alfano, morador do prédio de sobrado nº 42, à rua Cons. Almeida Couto, antiga Caquende, nesta cidade, pelo uso abusivo que fez do dito prédio, causou ao suplicante, seu proprietário, grave dano, estimado, fora os lucros cessantes, em onze contos e quinhentos mil réis (11:500$000) e, como não tenha o suplicante podido haver amigavelmente a indenização que lhe é devida, quer fazer citar o suplicado Carmine Alfano a fim de responder aos termos da presente ação ordinária em que se alega e pretende provar:

1 – Que o suplicante alugou, há alguns anos a Antonio Alfano o prédio à rua Conselheiro Almeida Couto, pelo preço de três contos, setecentos e quarenta e quatro mil réis (3:744$000), com água pagável em prestações mensais de trezentos e doze mil réis (312$000) inclusive doze de água.

2 – Que, retirando-se Antonio Alfano para a Europa, Itália, traspassou a casa ao suplicado Carmine Alfano, a quem continuou ela desde então locada, não se lavrando disto novo instrumento, não só por lhe ter traspassado por Antonio o antigo, como também por não depender o contrato de locação de escrito público ou particular.

3 – Que desde então até esta data, tem ocupado o suplicado Carmine Alfano o referido prédio, pagando com regularidade os respectivos aluguéis, e no prédio se achava em 08 de agosto p.p. quando sucedeu o fato que motiva este pleito.

4 – Que, entrando, o suplicado Carmine Alfano, fazendo-se conhecer por – Alfano & Comp. – sem que se saiba, se tem esta firma existência regular, nem as pessoas que a compõem, mantinha até o citado dia 08 de agosto, uma oficina para o fabrico de camas de ferro, com maquinismos instalados na sala posterior do pavimento térreo do citado prédio, estando o eixo de transmissão com as res-

pectivas polias e mancais assentados ou presos à parede posterior do edifício, fazendo o suplicado comumente, se não diariamente, funcionar o motor e maquinismos, com o que produzia grande trepidação, que iam com diuturnidade e constância, abalando o prédio, especialmente na parte em que estava fixado o eixo de transmissão.

5 – Que das máquinas e ferramentas acionadas pelo motor, somente uma, a plaina, está assentada em maciço de concreto, estando as outras diretamente no solo, o que fazia fossem as trepidações suportadas pelo edifício em toda a sua intensidade (Vistoria fl. 30).

6 – Que, além disso, tendo como tem, a polia da extremidade do eixo, na qual funcionava a correia de transmissão, raio maior que a distância do eixo à parede (Vistoria à fl. 30), para o assentar e lhe permitir o funcionamento, abriu-se uma pequena cavidade na parede, cavidade que lhe reduzindo a espessura, diminuiu-lhe por isso, sua capacidade de resistência, tornando assim mais ruinosos os efeitos da trepidação.

7 – Que o funcionamento do motor e maquinismos mantidos pelo suplicado foi a causa determinante do desabamento do prédio.

8 – Que, entretanto, o suplicado sabia que o prédio cuja locação lhe fora transferida era e é exclusivamente destinado à habitação, como comprova sua construção e disposição de seus cômodos.

9 – Que o tempo decorrido após o desabamento parcial acorrido em agosto p.p. corroborando as conclusões da maioria dos peritos que serviram na vistoria prévia, veio por si demonstrar que a causa do desabamento parcial foi a trepidação produzida pelo funcionamento do motor e das máquinas, portanto, tendo cessado este funcionamento, embora nenhuma obra de restauração se tenha até agora feito, vão todas as paredes restantes, resistindo às intempéries, não obstante as chuvas torrenciais caídas de então para cá.

10 – Que o suplicado, fazendo funcionar por tanto tempo e repetidamente o motor e maquinismos, assentados, além disto sem as cautelas recomendáveis, em um prédio que sabia exclusivamente destinado à habitação, incorreu em Culpa Lata, devendo por isso responder pela indenização dos danos que disto resultaram.

Isto posto, o suplicante pede a V. Exa., que, citado o suplicado Carmine Alfano para na primeira audiência responder aos *termos da presente ação, seja afinal condenado o mesmo suplicado a pagar ao suplicante a quantia de onze contos e quinhentos mil réis (11:500$000), valor do dano até agora efetivamente apurado, lucros cessantes, juro de moras e contas.*

Presta-se por todo o gênero de prova, inclusive testemunhal, arbitramento, depoimento pessoal e carta de inquirição para dentro e fora do país.

Selo do imposto 300 réis (dois selos)

Bahia, 06 de setembro de 1917 – Antônio Soares de Oliveira, advogado.

XXIII

Jornal A Tarde – quinta-feira, 01 de novembro de 1917
Um alemão irrefletido ia dando causa a grave conflito.
Às 20 horas de ontem, à rua do Colégio, na grande massa estacionada em frente ao Palace Hotel, partiam os gritos:
– Lincha! Viva o Brasil! Morra a Alemanha!
Grande confusão se estabeleceu no local dificultando o trânsito de bondes. O fato que se passara era grave. Frederico Hubschel, alemão, estava sentado a uma mesa em companhia de dois norte-americanos, naquele hotel, quando entrou o Sr. Mario Braga a dar vivas ao Brasil, ao exército brasileiro, ao presidente da República, por ter declarado guerra à Alemanha.

Isto não agradou ao súdito do Kaiser, que levantou os seus protestos, insistindo o Sr. Braga com os vivas. Hubschel então avançou para ele, atirando-lhe uma garrafa e uma cadeira na cabeça produzindo-lhe extenso ferimento na região frontal.

Os populares que por ali se achavam indignaram-se com a cena e investiram não só contra Hubschel como contra Walter Rohlfs e Max Starick, garçons do Palace Hotel, que seguraram o Sr. Braga quando era espancado. Guardas civis e o alferes Malaquias, policiador da Sé, que se achava nas imediações do local, foram até ali, efetuando a prisão dos delinquentes em flagrante delito, conduzindo-os ao posto policial.

Agora sim, umas coisas nascem das outras, começam a enroscar-se. Já sabemos que não houve relação direta entre Carmine Alfano e o crime do Caminho Novo, mas e a relação dele com o famoso advogado Madureira de Pinho, procede?

Poucos dias após a recepção daquela queixa feita à justiça pelo Colégio dos Órfãos do Santíssimo Coração de Jesus, encontramos Carmine de pé em frente à porta do escritório de Madureira de Pinho. Estava ali parado, olhando o vidro jateado com a inscrição do nome do advogado. Trazia a intimação debaixo do braço e pensava consigo: "Este homem é muito famoso... por certo cobrará uma fortuna para nos defender. E agora? O que faço? Depois de tanto prejuízo com o reparo das máquinas e do prédio... a falta de compreensão deste Colégio em entender que eu já estou providenciando os reparos e ainda por cima quer me cobrar indenização... Que fazer?"

Ali, parado no estreito corredor, obstruindo a passagem, foi abordado por um homem gordíssimo que lhe disse:

– Bom dia, senhor, preciso passar, poderia me dar licença?

Carmine se desculpou, e quando olhou para o homem, este sorriu-lhe amistosamente, ao tempo em que perguntou curioso:

– O senhor não é o Alfano?

– Si, sou – respondeu meio aturdido – e o senhor é?

– Sou o advogado Ernesto Sá Câmara. Estive em sua loja para comprar um berço para minha filha há pouco tempo. Lembras? O senhor até permitiu que lhe pagasse em três vezes, lembra-se?

– Ah... si, recordo-me. Perfeitamente.

– Diga-me, senhor Alfano, o senhor está aí parado, precisa de alguma ajuda?

– Si, preciso... O senhor disse que é advogado?

– Perfeitamente.

– Então creio que encontrei justamente o que necessito!

★

O processo do desabamento da parede seguiu seu curso como costumam seguir os processos no Brasil, lentos, recheados de petições, provas, contraprovas, e laudos periciais, tudo com muito gasto de tinta e papel. Um laudo que foi produzido pelos inquilinos do casarão, assinado pelo conceituado engenheiro Theodoro Sampaio, concluiu que:

"Não há dúvida de que o emprego dos maquinismos deve ter concorrido para os efeitos de que se ressente o prédio, mas não é ele a causa direta e imediata do desabamento que motiva a presente vistoria. Esse emprego já vem de oito anos, desde 1909, e se fosse devido a ele, ou por efeito direto das máquinas em movimento, tantos anos não levaria o desastre ou dano a manifestar-se.

Devo antes de tudo observar que, além dos fatos apresentados, oriundos de má conservação e da vetustez, há os efeitos recentes da última e tão assinalada estação chuvosa, os quais, pela persistência e intensidade com que esta se apresentou no corrente ano, não poderiam deixar de produzir o desequilíbrio, digo melhor, de perturbar o equilíbrio que há anos se vinha mantendo em todo o sistema.

Atendendo-se a todos esses fatos, a queda ou desabamento do cunhal, em que as paredes arriavam sobre as próprias fundações, e as fendas antigas, que ainda aí próximo se observam, denotam enfraquecimento anterior à queda do cunhal, repito, é um caso fortuito, resultante de um movimento vertical por efeito da decomposição das argamassas, sob a ação da umidade.

Bahia, 17 de setembro de 1917
Theodoro Sampaio – Engenheiro."

XXIV

Jornal A Tarde – sábado, 13 de julho de 1918
Reino na Bahia? É uma cantiga do inspetor do consumo

Deram entrada no juízo federal dois protestos, um dos Srs. Viterba & Comp. e outro dos Srs. Silvério & Pereira, negociantes nesta praça, contra o Sr. Alberto de Souza Leão, inspetor fiscal do Imposto de Consumo.

Alegam os primeiros ter o referido inspetor autuado aos suplicantes, sob a alegação de terem vendido Reino, sem o selo correspondente e de receberem vinho Figueira e o alcoolizarem, dando-lhe por conseguinte maior densidade.

Reino é bebida estrangeira que paga imposto de 300 réis por litro e ninguém recebe, neste Estado, porque não pode competir com a aguardente nacional. Vinho alcoolizado é uma cantiga que aquele inspetor importou na Bahia, e que é pau para toda obra nos autos que lavra, não havendo casa em que não encontre semelhante mercadoria. O outro protesto é no mesmo diapasão.

Laudos periciais. O que são afinal, em essência, os laudos periciais? Não há nada, nem processo, que gere tanta incerteza, semeie dúvidas e crie conflitos quanto as perícias. Todos sabem que a perícia é particularmente invocada a fim de julgar de forma inequívoca. Mas sabe-se também que na invocação, na instância, no pedido e nos quesitos que num processo são dirigidos a um perito, a autoridade de um parecer sempre é questionada pela autoridade de um parecer oposto.

Quando num processo se confrontam, com igual autoridade e reputação, o perito indicado pelo juiz, aquele indicado pela defesa e aquele indicado pela parte civil, a confusão se generaliza.

O que escreveu o perito indicado pelo juiz do caso no seu parecer sobre o desabamento da parede e parte do telhado da fábrica?

"É na qualidade de perito desempatador na presente vistoria como me investe o termo de louvação da fl. 4 dos autos, datado de 17 de agosto, animado pela confiança deferida e pela benevolência que ponho a par pelo respeito e admiração que me infundem os dois abalizados profissionais que me antecederam, com a apresentação de seus bem elaborados laudos como peritos das partes em ação".... seguem-se páginas e mais páginas que deram sono no juiz. Depois de breve cochilo por cima dos autos, o juiz despertou e continuou a ler o trecho final do terceiro laudo pericial:

"Dir-se-ia uma oficina onde minerais se apuram em máquinas que trabalham sem cessar, movimentando num giro irregular e ondulatório em direções diversas, bateias e peneiras que rodam trasladando sobre crivos, numa tarantela de autômatos que dançam às vibrações de uma prancha-canzar, assim a cinemática das cremalheiras desentrosadas para os efeitos imediatos das trepidações sistemáticas, fazer baixar, descendo o pó fino da amálgama heterogênea, trazendo à tona, à flor, à luz meridiana, o elemento precioso, a desejada gema.

Era enfim, em síntese, uma sorrateira picareta que abafada pela algazarra das fábricas, invisível a azáfama dos operários e escondida na faina das oficinas, lenta, inopinada e involuntariamente é verdade, trabalhou para a ruína do edifício."

Neste ponto o juiz arregalou os olhos e exclamou: Será que este homem bebeu? Ou é doido mesmo? E continuou a ler:

"Aos quesitos 9º do locatário e 18º e 19º do proprietário do prédio, acusam exatamente os meus cálculos uma média aproximada entre as quantias arbitradas pelos peritos a cada quesito. Assim respectivamente: 750$000, 8.000$000 e 2.700$000.

Concluindo e sem a pretensão de nem de longe, meter minha foice na seara alheia, peço vênia para um quesito a mim mesmo: – Mas, que culpa tem o pequeno industrial, o estrangeiro imigrante e pobre que trouxe-nos a indústria barata em troca de hospedaria, riqueza única e material, que instalou-a no seu próprio domicílio sobre o mesmo teto em que dormia sua família quando o mesmo ruiu?

É como o lavrador arando a terra ingrata, regando-a de água fresca e cristalina, e, a terra árida o suor lhe suga!"

Quando o juiz Adilson Pereira acabou de ler esta perícia, chamou o escrivão e disse:

– Arquive isto! – ao que o escrivão retrucou:

– O senhor já despachou?

– Ora, homem, arquive isto, senão eu vou é despachar você. Arquive este processo imediatamente!

XXV

Jornal A Tarde – sábado, 20 de setembro de 1919
Um bando de ciganos na terra. A polícia marítima impede o desembarque. Eles insistem e alegam que não são vagabundos.

.... *(dois dias depois)* ....

Jornal A Tarde – segunda-feira, 22 de setembro de 1919
Os polacos vão desembarcar com habeas-corpus
Os polacos e russos (em número de 113) de passagem no porto a bordo do Avaré, decididos a saltar em terra, apesar das ordens em contrário da polícia, impetraram, no sábado, uma ordem de habeas-corpus que foi julgada favoravelmente pelo Dr. Álvaro Pedreira Cerqueira, juiz da 5ª circunscrição. Em vista disso, o Dr. Gambetta Spinola mandou retirar de bordo a guarda de marinheiros que lá estava de vigilância.

Aii aiii aiiiiii! Êta, Bahia porreta! Êta, Bahia porreta!

Calango batia palmas ritmadas dançando no meio do salão. Buduga batucava numa lata de tinta. Couro seco com um pequeno agogô improvisado, xexéu e Gregório respondiam em coro...

Êta Bahia porreta! Êta Bahia porreta!...

Carmine vinha chegando à fábrica pensativo: "Será que a justiça ainda vai me obrigar a pagar os onze contos? De onde é que eu vou tirar tanto dinheiro? Já não basta o prejuízo que tivemos? Ainda por cima a Servilia me inventa de voltar à Europa. Mais dinheiro gasto... estou começando a ficar cansado. De novo? Faltou energia elétrica? As ruas às escuras, a produção parada! E no final do mês é meter as mãos no bolso e pagar conta de luz." Ao se aproximar da fábrica, foi ouvindo o coro: "Êta, Bahia porreta! Êta, Bahia porreta!"... E começou a perceber que o som provinha do interior do prédio. Apertou o passo e se deparou com o samba:

– Só me faltava isto! Gregório, que diabo é isto, Gregório?

Os operários imediatamente pararam a batucada, e um silêncio de cemitério se fez ouvir. Gregório com o olhar esbugalhado e a voz trêmula falou:

– Ah, inhô... é que... é que fartô luz agora de tarde três vez. E nós desligou o motô pra num queimar. E como já tava no fim do expediente, o Calango tava só mostrando um sambinha que ele compôs...

– Má que? Samba aqui dentro? Vão fazere questa música maluca nos quintos dos...

– Sim, inhô, está certo, nos já paramo, escute... O tar do advogado do inhô teve aqui, e disse ao seu Gaetano que o juiz assim, eu não entendi direito não, mas parece que o advogado falô com um tar escrevinhador lá da justiça, que disse que o juiz mandou lascar o processo. E inhô Gaetano mandô dizer pro senhor que é pra ficar descansado que não vai dar é em nada. E todo mundo aqui ficou alegre e fizemo um batuquezinho prum mode de comemorar, num sabe?

– Ma che confusione! Gregório, onde está Gaetano?

DESTINOS QUE SE CRUZAM

— Saiu aí agorinha mesmo, todo prosa, disse que foi ver a noiva dele lá na fábrica da Ribeira. Mas ele disse pro senhor ficar descansado...

Carmine consultou o relógio de bolso. Cinco horas. Ainda dava tempo de falar naquele dia mesmo com o Ernesto Câmara. Mais calmo, repôs o chapéu e disse a Gregório:

— Biene, biene, podem ir para suas casas, que hoje a luz não volta mais. Gregório, você me tranque as portas e janelas que vou sair...

— Ochente inhô, e não vai comer, não? A velha margarida tá lá em cima esperando inhô para botar a janta. Diz que fez peixe de moqueca... – E Carmine já do portão, gritou para ele de volta.

— Diga a ela que pode ir também, quando voltar eu janto!

★

— Olá, Gaetano, como vai passando? – saudou Marisa, a amiga de Bruna que trabalhava com ela na fábrica de tecidos Emporio Industrial Norte.

— Bem sim, e a senhorita? Onde está a Bruna?

— Saiu mais cedo hoje. Não estava se sentindo bem, sabe, coisa de mulher. Me pediu para ficar aqui esperando-o e lhe entregar este bilhete que ela escreveu às pressas, pois não queria perder o horário do bonde.

Marisa entregou-lhe o bilhete que fora escrito no verso de um impresso:

"Amore mio.

Viu? Já estou aprendendo a falar tua língua. Não consegui lhe esperar hoje, estou me sentindo um pouco enjoada. Com dor de cabeça também. Mas, não se preocupe, amanhã estarei melhor e nos vemos na mesma hora de sempre. Nem pense em ir lá em casa hoje, papai está uma fera conosco por causa daquele dia. Lembras? Eu não esqueci, não esquecerei jamais. Tu te lembras?

Tua sempre, Bruna."

Gaetano agradeceu a Marisa, despediu-se, e no bonde de volta, a curiosidade o fez ler o que estava impresso no panfleto:

"O governo torna público que dispõe de todos os recursos necessários à absoluta manutenção da ordem e inteira garantia de todos os direitos, e que agindo no interesse de solucionar a crise, pode anunciar que até amanhã estará completamente restabelecido o serviço de iluminação e viação urbana, bem como a polícia assegurará, pelos meios que forem precisos, o livre exercício do comércio e especialmente a vendagem do pão, da carne verde e demais gêneros alimentícios.

O secretário de polícia,
José Álvaro Cova, 08 de junho de 1919."

XXVI

Jornal A Tarde – sexta-feira, 14 de março de 1920
Um fato deplorável – Desrespeito à religião e atentado ao clero
Ontem à tarde quando se realizava um comício no Terreiro, às portas da catedral, cheia de fiéis celebrando o Mês de Maria, deram-se fatos lamentáveis. Os oradores populares, desdobrando temas socialistas e alguns até doutrinas anarquistas, atacavam numa associação de palavras que a cada passo se ouvia: "O clero, a burguesia, o poder!"

Em certo momento, o Revmo. padre João de Barros, capelão do hospital da Misericórdia, passava em busca da Catedral. Protestou com veemência, o que quase ia redundando num terrível conflito. Porque do desacato por palavras, alguns mais exaltados pretenderam ir às violências físicas.

Jornal A Tarde – quinta-feira, 20 de maio de 1920
O candomblé do Procópio
Pela madrugada de ontem, o Dr. Pedro Gordilho, primeiro delegado auxiliar, deu um cerco ao candomblé do Procópio, à Mata Escura. A diligência teve completo êxito, sendo apreendido um grande arsenal de feitiçaria e presas cerca de 30 pessoas que foram conduzidas para a 1ª delegacia auxiliar, sendo pela manhã postas em liberdade. Segundo ouvimos, a colheita dos esquisitos objetos vai ser enviada para o Instituto Geográfico e Histórico para ali ficarem guardados entre as coisas célebres.

Quando amamos não nos damos conta de como as coisas correm céleres no tempo... Assim a natureza em seu rodar furioso faz destinos aparentemente impossíveis de se cruzar se chocarem com a força descomunal do amor, e isto às vezes, frutifica em nova vida. Que sortilégios e milagres ou ainda maldições, há por trás dessas "casualidades"? Por quê? Qual a razão profunda de um sujeito sair de Nápoles na Itália, cruzar o Atlântico, dar com os costados em São Paulo, mudar de rota por circunstâncias alheias a sua vontade, e acabar na Bahia, conhecendo e amando perdidamente uma mulher com a qual jamais sonhou? Mistérios dos deuses velados aos homens...

Após saberem da gravidez de Bruna que já ia despontando no volume da barriga acusando e provando a seríssima ultrapassagem das convenções sociais de então, Gaetano, após violenta discussão ocorrida na pequena casa em que ela morava com sete irmãos menores e os pais na Ribeira, e na qual, a todo momento foram proferidas palavras ásperas como "perdida", "desonrada", "mulher da vida", "necessidade", "fome" e "casamento", resolveu providenciar os trâmites da união com Bruna. Fosse como fosse, haveria de alugar uma casa, comprar móveis, e viverem juntos como tanto queriam e não planejaram.

Certa tarde o apaixonado Gaetano vagava a admirar a vitrine de uma joalheria na Rua Chile onde estavam expostas alianças de compromisso. Calculava como poderia comprar um par daqueles, sonhava com os dias felizes que viveria com Bruna, delirava em questionar-se se seria menino ou menina a despontar para uma nova vida num mundo que ele haveria de contribuir para tornar mais justo e humano. Seus devaneios clamavam por vida... e sonhando, deixou-se estar nessa contemplação até que foi despertado por um ruído atras de si que foi crescendo entre freios e vidros se partindo. Voltou-se rapidamente para ver do que se tratava, não houve tempo. No exato momento em que se virou, já o automóvel de número 37, pertencente ao governo do Estado, perdera os freios, subira na calçada e o esmagou contra a parede da joalheria. E ali ficou ele arquejando, imprensado entre a parede e os ferros retorcidos do calhambeque. Ali ficou morto, sem saber que um menino nasceria do seu imenso amor por Bruna.

O sangue de Gaetano corria lentamente pelas frestas do passeio e foi empoçar numa sarjeta novinha, construída no "aluvião demolidor das velharias". Foi a verdadeira morte acidental de um anarquista quase baiano.

★

O carro de placa 37 vinha a toda velocidade. Afinal era preciso levar para a gráfica do governo o mais recente discurso do governador J.J. Seabra, que cumpria o seu terceiro mandato sucessivo no governo do Estado. Desculpem! Segundo mandato alternado:

"Devemos ao nosso operoso chefe de polícia que evitou de modo eficaz que elementos estranhos ao nosso meio e notoriamente subversivos perturbassem a ordem pública numa greve de caráter geral. Essa é a primeira e árdua tarefa que pesa em nossos ombros de legítimos representantes deste povo altivo e operoso.

Proteger a família baiana, à qual exornam os mais distintos, os mais fulgentes predicados de cordura e honra, de paz e de trabalho, estou certo, e o proclamo com ufania, como baiano que ama, em todas as veras d´alma, a sua terra, não deixará de relegar a plano inferior os demolidores de todos os matizes e de todos os tempos.

A segunda tarefa, não menos árdua, e a par da prosperidade e do engrandecimento do nosso Estado, é dever de todos nós zelar, no sacrário do renome e das tradições da Bahia, a sua importância política no seio da Federação brasileira. Por isto é que resolvi, já autorizado por disposição legislativa, levantar um pequeno empréstimo com o Dr. Arthur Moreira de Castro Lima de Rs 2.900:000$000, mais outro de Rs 1.600:000$000 com o Banco Econômico da Bahia e levantei, sob responsabilidade do governo, um pequeno empréstimo de Rs 320:000$000 ao capitalista baiano João Batista Machado.

Não deve, meus concidadãos, não deve parar o aluvião demolidor das velharias que nos envergonham como povo civilizado. Quanto maiores forem as dificuldades a vencer e os sacrifícios a fazer, maior o nosso triunfo."

XXVII

Jornal A Tarde – Sábado, 2 de julho de 1921
Da Espanha ao Brasil - Por que foi proibida a imigração
Está causando grande ruído no Rio e em São Paulo, a notícia, ali propalada, da proibição na Espanha da imigração para o Brasil. A Câmara daquele país, sem nenhuma justificativa conhecida, votou de fato a lei proibitiva.

A imigração espanhola para o Brasil constitui, há muitos anos, um hábito constante, nunca interrompido, representando, do mesmo passo, um forte vínculo de amizade e de boas relações internacionais, de sorte que a medida do governo amigo, suspendendo, de repente, o embarque de seus súditos para os nossos portos, causou geral alvoroço e justificada estranheza.

De nossa parte, procuramos colher informações no consulado espanhol aqui, tendo-nos atendido, gentilmente o respectivo agente, que nos disse o seguinte:

"A imigração não está proibida. Ela continua a ser feita diretamente dos portos da Espanha para o Brasil. Para evitar certos fatos, como o de virem famílias inteiras para cá com falsas promessas de trabalho, feitas por agentes e especuladores sem escrúpulos, o parlamento espanhol votou uma lei que proíbe a emigração de súditos espanhóis sob contratos particulares embarcando em portos estrangeiros, sem a autorização do governo respectivo. A lei votada apenas atendeu às queixas constantes de imigrantes prejudicados que deixando-se levar por promessas de certas Companhias de navegação, vinham para o Brasil e não encontravam o conforto necessário, não falando já das condições penosas por que são tratados a bordo. As Companhias contratantes prometem empregos para toda a família (crianças, mulheres etc.) e cá chegando eles, empregam somente o chefe da família, com ordenado insuficiente para a sua manutenção.

Pouco mais de um ano depois de transcorrida a morte de Gaetano, encontramos um abatido e solitário Carmine a desmontar a fábrica na rua Conselheiro Almeida Couto. O Colégio do Sagrado Coração de Jesus, como não obtivera êxito na ação impetrada na justiça, exigiu que o casarão fosse desocupado. Carmine, mal entrado na casa dos quarenta anos, mostrava-se já com vários fios brancos na cabeleira, muitos deles adquiridos após o acidente que vitimou o irmão.

Servilia mais uma vez voltara a Paris e de lá escrevera-lhe algumas poucas cartas, todas pedindo remessa de dinheiro... Antonio em Nápoles, e ele ali, sozinho, vivendo em companhia do preto velho Gregório. Após desmontar os maquinários, Carmine chamou Gregório e disse-lhe:

– Por favor, Gregório, vá à redação do Diário de Notícias, procure o senhor Clodoaldo e entregue a ele essa importância, juntamente com este anúncio para ser publicado. Gregório tomou o dinheiro, o papel e quando já ia saindo, Carmine volveu a chamá-lo. – Deixe-me ver este papel mais uma vez Gregório...

E leu em voz alta:

– Alfano & Cia avisam aos seus amáveis fregueses que têm em sua loja à rua do Colégio número 13, alto do Plano Inclinado, grande quantidade de camas de ferro com lastro de arame, para casais, solteiros, colegiais, e, para crianças, berços de ferro. A fábrica mudou-se da rua Conselheiro Almeida Couto, número 42, para rua das Laranjeiras número 6.

– Está bem assim, não, meu amigo?
– Está bom, sim sinhô...
– Pois vá... me entregue isto lá no jornal...
– Sabe, inhô, o senhor estava lendo essas coisas aí, e eu tava aqui me alembrando do inhozinho Gaetano... É... Era ele que sempre ia botar essas letrinha aí no jornal, né?

Carmine respondeu tristemente.
– É... era ele.
– Eu me lembro... – continuou Gregório enquanto ajustava a pena de galinha no laço de seu velho chapéu coco – sempre

quis perguntar ao inhô Gaetano por que de vez em quando ele me chamava de Aguiar... O senhor num sabe não?

Carmine pensou por uns instantes e respondeu:

– Sei... Em minha terra, na Itália, há anos atrás, viveu um grande homem chamado Guiseppe Garibaldi. Foi graças às lutas desse homem, a tantas batalhas que travou, que se conseguiu a unificação de meu país que estava todo dividido.

– E é? Mas ôchente! E onde eu entro nessa história?

– Este homem, Garibaldi, esteve qui in Brasil. E qui conheceu um negro, um certo Aguiar, de quem se fez grande amigo. Aguiar foi com ele para a Itália, justamente para participar das lutas pela unificação. Por isto Gaetano lhe deu esse apelido... Tinha muita afeição a você, Gregório...

– Ah é? Foi por isso? Gostei! É uma honra ter o apelido de um guerreiro tão importante... Gostei.

Gregório foi saindo da presença de Carmine com os olhos umedecidos por aquela revelação. O mesmo acontecia com Carmine que mentalmente repassava uma frase dita por Garibaldi, e que Gaetano, vez por outra, citava: "Na mão de um homem de coragem, qualquer arma serve – uma foice, um mosquete, um machado, ou até um prego na ponta de um pau."

XXVIII

Jornal A Tarde – Sábado, 1 de outubro de 1921
Tinha habeas-corpus? O certo é que não saltou o pobre do espanhol

Há bem pouco tempo, no dia 19 próximo passado, o primeiro delegado auxiliar ordenou que fosse deportado desse porto um moço espanhol, de nome Adelino de tal, no vapor nacional Bahia, sob o pretexto de estar envolvido em um roubo nesta capital.

Foi um barulho dos pecados. Uma nuvem de advogados correu a defender o paciente, tendo estes requerido uma ordem de habeas--corpus para que o mesmo espanhol pudesse continuar trabalhando nesta capital. Quando a coisa se decidiu, porém, já o espanhol andava longe, em alto mar.

Anteontem, entretanto, com geral surpresa, regressou o espanhol Adelino de tal em favor do qual dizem existir uma ordem de habeas-corpus, a bordo do paquete Pará. A polícia marítima fez a visita a bordo, reparou no espanhol deportado que estava de bagagem em punho para saltar.

Como, entretanto, a primeira delegacia auxiliar não expediu ordem à polícia marítima para deixar saltar o espanhol, e como se achava na impossibilidade de fazê-lo por conta própria, resolveu impedir o desembarque do mesmo, considerando-o indesejável, apesar das súplicas e justificativas.

Salão de festas com poucos convidados. Umas cantoneiras com rosas, muitas rosas. O lustre de cristal cintilando, garrafas de champanhe a todo momento espoucam. O piano vibra, pares valsam. Rosa e Helena conversam. Helena senhorita de vinte anos. Rosa mais velha, trinta e poucas primaveras, e viúva. Uma ainda vivendo entre nuvens de sonhos virginais, a outra, calejada nas sendas do amor. O pueril em diálogo com a experiência firmada. A um canto, Carmine palestra em um grupo em que se inclui o doutor Karpatoso, alienista chefe do manicômio de Salvador, que acabara de comprar cinquenta camas de ferro. Rosa pergunta:

– Você que acha, Helena?
– É ele? Qual?
– O que está naquele círculo...
– Não vejo. São tantos!
– Aquele com o terno marrom.
– Aquele de óculos?
– Não. Repare – apontando –, aquele...
– Ainda não pude descobrir.
– Aquele, olha, de marrom, corado, sério.
– Aquele de nariz comprido?
– Acertou. Sim.
– Não o conhece? É o Carmine Alfano, dono de uma fábrica de camas.
– Bonitinho, não acha?
– Deixe de tolices, Rosa, o homem é casado...
– É nada demais se admirar um homem bonito?
– A fuxicaria na cidade comenta que a esposa vive sempre indo para a Europa.
– Melhor ainda.
– Tem graça... o homem continua sendo casado.
– Você tudo censura! Coisa própria de gente de sua idade.
– Você é que está parecendo uma menina.
– Porque gostei dele? Tolinha.
– Pelos modos.
– Olha, Helena, como ele me passa os olhos, observa...

Krishnamurti Góes dos Anjos

– Não vejo nada.
– Você também... para que tem olhos?
– O homem já está é escabreado...
– Você já começa!
– E é por sua causa.
Rosa solta um suspiro:
– Quem me poderá apresentá-lo?
– Eu. Conheço-o. vendeu há alguns dias umas camas para o papai.
– Que achado! Que belo!
– E se você ficar acanhada?
– Acanhada, eu? Você não me conhece, Helena. Não mesmo... Ajude-me aqui, preciso afrouxar um pouco o colarinho desse sapato, está muito apertado... – Rosa apoia-se em Helena e, ao invés de afrouxar a fivela do sapato esquerdo, desafivela-o completamente.
– Helena, logo que termine essa valsa você o chama, pergunta qualquer coisa e zás, apresenta-me.
– Depois não vá ficar de mãos frias, trêmulas...
– Não se importe. Mas olha, não é um encanto, parece uma figura de cinema.
– Vixi! Não tem sal, não.
O doutor Karpatoso aproxima-se das duas. A valsa finda. Confusão de pares na sala. Rosa diz baixinho a Helena:
– Meu Deus, como se é bonito assim?!
Ao que Helena responde gracejando:
– Uma flor, uma folhinha de manjericão.
Você parece uma tonta. Estão ouvindo seus gracejos.
– E eu que me importo?
– Olha que teu pai pode ouvir.
– É isto mesmo que eu quero.
O doutor Karpatoso delas se aproxima e prontifica-se a apresentar Rosa a Carmine. Chama-o discretamente.
– Senhor Alfano, a senhorita Rosa.
– Muito prazer, senhorita.
– Grande satisfação, cavalheiro.

— Acho que a conheço de vista.
— Sua fisionomia também não me é estranha... O senhor não esteve na Pérgola da Associação na sexta-feira passada?
— Não, senhorita.
— Era capaz de jurar.
— Enganou-se, talvez alguém parecido comigo.

Rosa morde a ponta do lenço e pergunta:
— E de onde então o senhor já me vu?
— Tenho uma loja à rua do Colégio. Será que não teria sido de lá?
— Ah, sim, recordo-me agora. Acho que foi de lá mesmo que nos conhecemos... sabe? Eu nunca dormi em uma cama daquelas que o senhor fabrica. Parecem confortáveis – isto ela disse com afetação na voz.
— Confortabilíssimas, posso lhe assegurar...

O piano vibra um "one-step". Pares saem pela sala valsando.
— O senhor não valsa, senhor Alfano?
— Não. Agrada-me conversar com a senhorita.
— Bondade do senhor.

Aqui, Helena, que estivera calada, diz:
— Rosa, guarde meu leque. Até a volta. – e sai nos braços de um rapaz.
— Admiração simplesmente – diz ele retomando a conversa.
— Como o senhor é amável...
— Os nossos olhos contemplando um rosto formoso como o da senhorita sentem-se felizes.

E ela fingindo envergonhada responde:
— O senhor quer troçar-me?
— Sou incapaz.
— O senhor não se zanga se eu lhe disser uma coisa?
— De sua boca nada me contrariará.
— Olha que o senhor pode se aborrecer.
— De forma alguma. Estou por lhe ouvir...
— Tenho receios... – diz disfarçando-se com a pulseira.
— De quê?
— De que me percebam, me ouçam e até me julguem mal...

– Então... vamos à janela?
– Na janela não.
– Por quê?
– Tem os olhos da rua...
– Que tem?
– São indiscretos.
– Tem razão. Sei una ragazza molto... desculpe. És previdente.
– Oh, acho o italiano uma língua tão bonita... mas se acharmos outro lugar – e baixa a vista para o chão.
– Creio que no fundo há uma sala.
– Pelo que o senhor quiser...
– Dá-me seu braço?
– Com satisfação.

Se dirigem para uma pequena sala de estar, onde só existe uma mesa redonda, um vaso de flores e duas cadeiras. Sentam-se um de frente para o outro.
– Agora sim – ela diz.
– Lindas flores, não acha? – pergunta ele.
– Sim. São belas. Adoro os cravos.
– Eu adoro rosas.

Ela pega uma margarida e diz:
– Vou decidir minha sorte.
– Não precisa. Será feliz – e ela desfolhando a margarida vai dizendo bem-me-quer, mal-me-quer. Carmine interrompe o desfolhar com a pergunta:
– Sim... mas ficastes de dizer-me algo...
– Quê?
– O que me prometeu...
– O senhor acaso já não percebeu? Acaso não sabe que simpatizei muito com o senhor? Pena que sejas casado...
– Ora. Vejo que já sabes algo mais a meu respeito... Não tenha receios, sou casado, mas é como se não fosse...

Depois dessas e de outras falas no mesmo tom, sorrateiramente o pé da Rosa humana, aquele que fora desafivelado no salão de dança, entrou a fazer "carícias" nas pernas do italiano. Carícias que, se não reveladas, podem ser adivinhadas.

XXIX

Jornal A Tarde – sexta-feira, 13 de janeiro de 1922
A imigração portuguesa sofre sérios embaraços.
50 libras por cabeça para vir ao Brasil.

Ancorado neste porto, o paquete alemão Poconé, procedente de Hamburgo por escalas, as lanchas da repartição marítima, como de costume, fizeram-lhe sua visita de inspeção. O comandante do Poconé procurou então os representantes da polícia marítima avisando-lhes de que viajavam com destino a este porto, dois cidadãos de nacionalidade portuguesa que, em Portugal, embarcaram sem haver comprado passagem, aos quais, entretanto, não se poderia chamar de "indesejáveis", pois, ao contrário, eram homens de aparência respeitável, bem trajados, de fino trato e possuidores de documentos comprobatórios das respectivas idoneidades, não o sabendo até a que atribuir o terem embarcado em tais circunstâncias.

O subinspetor da polícia marítima fez vir a sua presença os indigitados passageiros que contaram com o atestado de jornais portugueses que o seu atual governo, a fim de impedir a imigração para países sul-americanos, criou uma nova lei, pela qual o português para tomar passagem rumo à América pagará a importância de 50 libras, imposto pesadíssimo que pode ser considerado proibitivo.

Com essa medida o governo quer que, ao invés de imigrar para a América, os seus súditos prefiram as colônias do continente africano, para onde todos os meios de embarque etc. estão sendo facilitados.

Há muito que os dois cidadãos em causa tencionavam vir a América tratar de seus negócios, e como tal lei começou a vigorar do 1º de janeiro do corrente em diante, na véspera desse dia, estando a sair o Poconé, embarcaram às pressas, não esquecendo os documentos que testemunhariam aqui as suas declarações.

A polícia marítima depois de ouvi-los permitiu-lhes o desembarque.

De volta de mais uma de suas constantes e demoradas viagens a Paris, vamos encontrar uma atônita Servilia aos brados e berros a exigir explicações de Gregório sobre o paradeiro de Carmine.

– Monsieur Gregório, parlez! Onde está meu marido a esta hora?

– E eu não sei não, senhora...

– Mas como ele fez uma coisa dessas? Sequer teve a decência de enviar-me o novo endereço da fábrica! Se não fossem os préstimos de um bondoso senhor que me informou da mudança, eu estaria agora no meio da rua... Isto não se faz, Gregório!

– E ele fez assim, foi?

– Ora, monsieur Gregório, o que é isto? Que desarrumação está isto aqui, meu Deus! E minhas coisas, meus móveis, onde estão?

– Pois, nós truxemo tudo, dona madame Servilia, tá tudim aqui.

– Aqui? Neste antro de imundícies?

– É que nós tivemo que adevolver o casarão, às pressa, num sabe?

– Mas o processo não havia sido arquivado? Gregório, onde está meu marido? – perguntava enquanto debilmente tentava pôr ordem na sala da casa, onde se misturavam lastros de camas, ferramentas, armações, colchões, travessas, móveis cadeiras e mesas – Mas que decadência! O Carmine ficou maluco de vez! Mon Dieu, quelle décadence...

– Maluco não, inhá, é que ele trabalha tanto que nem teve tempo de arrumá mió isto aqui...

– Gregório, por favor. Não tente encobrir as faltas de seu patrão! E faça-me o favor de pôr minhas malas e baús no nosso quarto.

Servilia foi inspecionar os demais cômodos da casa, e Gregório corria à porta da rua para pegar as malas. Chamou outro empregado da fábrica e segredou-lhe:

– Corre lá no sítio de dona Rosa, Francisco! Corre lá e avisa no ouvido do patrão. Eu estou lhe dizendo, Francisco, só diga no ouvido dele. Só para ele ouvir, hem? Que a mulher dele chegou das Europa!

XXX

Jornal A Tarde – sábado, 12 de agosto de 1922 - Fugindo ao monstro! Aterrorizada com os impostos uma grande indústria fecha suas portas.

O processo ilícito do governo de elevar mais e mais os impostos para, com a renda por este meio alcançada, enfrentar os esbanjamentos da administração está tornando asfixiante a situação do comércio baiano. Durante a guerra, já os impostos eram pesados, mas os grandes negócios então realizados, com os altos preços atingidos pelos nossos produtos, davam margem a todas as despesas, mesmo a essa de todo insustentável. Cessada a guerra, houve uma revolução econômica no mundo inteiro. A Bahia foi atingida pelos males resultantes da depreciação do câmbio, caindo muito a cifra de exportação. Consequentemente, baixaram os algarismos da arrecadação e o governo ineptamente, para ressarcir os prejuízos, aumentou os impostos, agravando a crise. Não há comerciante grande ou pequeno atualmente que não chegue a pensar seriamente em fechar as suas portas.

Os que não podem usar deste expediente extremo, equivalente a uma liquidação forçada, queixam-se amargamente, confessando que a ganância do governo arrasta-os à bancarrota. O caso mais recente de retirada ante as garras do fisco é o seguinte: tendo falido a firma J.H. Tanner & Co., proprietária da fábrica de pregos situada à Travessa dos Mares, na calçada, os liquidatários da falência, Srs. Stowel Newcomb & Co., os representantes na Bahia da firma Marvin & Co., importadores e exportadores de metais, compraram a referida fábrica de pregos com a intenção de aumentarem o seu fabrico, desenvolvendo essa indústria na Bahia.

A fábrica que comprou a indústria de pregos, avisada logo da anarquia administrativa do Estado, tratou de informar-se dos impostos que iriam recair sobre a fábrica. Eram apavorantes. Imediatamente a casa Marvin tratou de embarcar os mecanismos e os pertences da fábrica de pregos, preferindo as despesas da mudança e os fretes do transporte de todo aquele material para o Rio, a continuar exercendo a sua atividade sob o guante de extorsivos impostos. Os numerosos volumes foram embarcados no paquete Antonina ainda atracado no quarto armazém das docas. O casarão onde funcionava a fábrica lá está abandonado, vazio, e bem assim despedidos os operários, que também sofreram com a má política financeira do governo.

Após o fatídico dia da chegada inesperada de Servilia, e tomada as providências para evitar um escândalo de grandes proporções – providências tomadas pelo marido, claro – e, com o conveniente assentimento da esposa quase ultrajada, a convivência entre os dois entrou em um ritmo de aquieta-acomoda.

Entretanto, mesmo que nada tivessem mais a se dizer, e toda noite dessem as costas no mesmo leito, iria dentre em breve começar uma guerra psicológica sem proporções. O estopim deu-se quando Servilia informou quase ao término de um jantar que "amanhã passaria o dia" em casa de Madame Dorothy Parker. Ele deu um murro na mesa, sacudindo os talheres e espirrando o vinho das taças. Ela impávida disse:

– Olhe o que você fez!? Ai que nojo...
– Para as viagens, os chás, as missas, as casas das amigas, todo o tempo, não é?

Este foi o estopim da guerra que já vinha aceso há muito tempo. Os dias que se sucediam traziam, cada um deles, sua porção de sombra e de luz, de apatia e de combate, de verdades e erros. Arrebentara-se a regularidade da convivência amistosa fingida. Rezou a lenda, o falatório do povo e as fofocas e fuxicos que:

Ele – Acendia um cigarro na brasa de outro, queria à força, espalhava de propósito cinzas no chão.

Ela – Achava que ele vivia sujo de graxa. Tinha nojo.

Ele – Um filho meu!

Ela – Eu é que tenho culpa?

Ele – Fez escândalo.

Ela – Pois faça o filho que eu até crio... lágrimas de atriz – chamo a polícia!

Ele – Rasgou ela toda. Arrancou a porta do banheiro.

Ela – Se trancou no quarto. Planejou mandar matá-lo.

Ele – Vivia na casa da amante que só o amou por uns três meses e muitos mil-réis em presentes.

Ela – Vai me dar pensão!

Ele – Não lhe dou um tostão! Pago chauffeur de caminhão e levo tudo.

Ela – Quer me fazer de escrava! E se eu puser veneno na comida dele?...

Ele – Porra com tanta viagem!

Ela – Peço o divórcio. Paris é uma festa!

Ele – Ahh!!! Vaffanculo! Le cheval ici travaille dur et vous, vous promenez à travers l'Europe! Melhor senhora Servilia. Nem em italiano, nem em francês! Em bom português mesmo! Vá se danar! O cavalo aqui se matando de trabalhar, e você passeando na Europa!

★

Tudo fofocas, intrigas, mexericos? Ficção? Realidade? Quem saberá o que se passou de fato? O concreto é que encontramos, dias depois, Servilia em um elegante chá das cinco, em casa de madame Dorothy Parker, conversando galantemente sobre modas. Uma das circunstantes, interessante, meiga, mas não ingênua, puxou a aba do casaco francês de Servilia e interrogou-a com vivacidade:

– Que pensa você sobre o divórcio?

A conversa na sala parou de repente. Os olhares voltaram-se para Servilia, ansiosos, irônicos, perspicazes.

– O que eu penso do divórcio? Ah, minha amiga, eu o julgo simplesmente divino e providencial. É uma instituição salvadora que os mais adiantados países já adotaram, e dentro em pouco vingará em todo mundo civilizado. Eu, realmente, não concebo como a sério se pode combater o divórcio. É uma lei natural, e contra as leis naturais, as leis civis serão sempre improdutivas. Você mesmo, senhorita, amanhã tem o ensejo de casar-se. Antevê florido, risonho, musical, o seu futuro maravilhoso. Nessa união põe todas as suas esperanças; nela deposita todo o seu ideal de mulher, e de amorosa. Mas, de repente, como se fora tudo um sonho – delicioso e perfumado sonho – você cai nessa realidade pungentíssima: o marido de seus enlevos não é o mesmo que você sonhou nos seus castelos dourados. A máscara desfivela-se. Eis por terra todo o disfarce, e em vez do homem carinhoso, meigo, bom, que contara fizesse a sua felicidade, tem em casa um brutamontes, um grosseirão sensual, sem sentimentos, desrespeitador. E quando ele começa a ofendê-la, a maltratá-la, a humilhá-la com outras mulheres? Você com o divórcio tem em mãos a receita salvadora, o recurso que redime.

Quando Servilia acabou de fazer esse desabafo ardente, fez-se um silêncio prolongado. A julgar pelos sinais de assentimento de todas as presentes, poder-se-ia afirmar: cinco mulheres juntas... e de acordo. Era mesmo um milagre.

E o silêncio naquela sala foi quebrado por uma gargalhada cínica e triunfal em um rega-bofe na casa vizinha.[3]

---

3. A lei que estabelecia a dissolução oficial do casamento no ordenamento jurídico só viria a ser sancionada no Brasil em 26/12/1977.

XXXI

Jornal A Tarde – sábado, 25 de agosto de 1923
Ao comércio em geral.

Somente agora, depois de três longos anos, foi que despertou do sono ou letargia, a digna diretoria da nossa Associação Comercial para reclamar "a extorsão dos impostos estaduais". Isto é deveras?...

... Aqui a prova: A famigerada lei dos "Impostos sobre lucros", qual foi a atitude da Associação Comercial, em nossa defesa? Procurou incrementar o combate perante as nossas coirmãs no país? Promoveu um contínuo entendimento com os nossos representantes no Congresso Nacional, para a repulsão desse monstro?

Não me consta. Ao contrário, inconscientemente, telegrafava aos nossos algozes aplaudindo a consumação da taxação mais humilhante, até hoje organizada, a regularização infame atirada às faces do comércio que é esse trapo denominado "Vendas à vista, contas assinadas e obras de adorno!" A Associação aplaudia por telegrama!!!

No ano passado, o Conselho Municipal convidou a Associação Comercial a ajudar na confecção do Orçamento Municipal, a dar ideias, sugestões etc. A Associação limitou-se a um pálido ofício-resposta de cortesia.

O desastre foi o honrado comércio grossista que pagou pela incúria da politicante diretoria da Associação Comercial. Nós do comércio varejista ganhamos em toda linha porque lá estivemos, lá combatemos, demonstramos, elucidamos satisfatoriamente. O pobre comércio grossista gemeu na dureza do Orçamento Municipal! A Associação Comercial não se mexeu.

Há quase vinte anos, o comércio vem se debatendo contra o malsinado Imposto do Consumo do Estado, desde o ano passado que fomos ameaçados de penhora e o diabo! Qual foi a providência enérgica da nossa Associação Comercial? Nem está ligando!

Marcolino Figueiredo.

– Pode entrar, senhora Alfano.

– Boa tarde, doutor, estou um pouco nervosa... sabe...

O doutor levantou-se prestimoso a ampará-la e disse:

– Por favor, sente-se aqui nesta poltrona. Dona Maria, por favor traga um copo com água e açúcar para a senhora Alfano...

– Por favor, doutor – disse Servilia – gostaria que me tratasse pelo meu nome de solteira. Laparolli...

– Sim, perdão, foi a força do hábito. Sim, obrigado, aqui está. Por favor, tome um pouco da água, lhe fará bem. Obrigado, dona Maria. Pode nos deixar a sós agora. Obrigado.

Após a secretária deixar a sala, o doutor se senta em sua cadeira e diz a Servilia:

– Madame Parker já me pôs a par da sua situação, senhora. Disse-me inclusive que está hospedada por um tempo na residência do Sr. Parker.

– É verdade, doutor.

– Mas esta providência não foi uma atitude muito acertada... A defesa pode alegar em juízo que a senhora praticou abandono do lar.

– Mas doutor, a convivência com Carmine estava impossível, eu não aguentava viver nem mais um dia sob o mesmo teto... – e começou a chorar.

– Não se abata assim, minha senhora, quanto a isto, verei o que posso fazer... Me diga, que atitude a senhora pretende tomar agora?

– Doutor, o que eu mais quero é o divórcio. E quero também por lei o que me pertence.

– Senhora, em primeiro lugar, a lei brasileira não admite o divórcio, mesmo sendo, como é o caso de vocês, cônjuges de nacionalidade italiana...

– Perdão, doutor. A minha nacionalidade é francesa.

– Sei. Mas esta condição não altera a lei. Segundo o decreto 181 de 24 de janeiro de 1890, o pedido de divórcio a vínculo só pode se fundamentar em alguns dos seguintes motivos: primeiro, adultério; segundo, sevícia, ou injúria grave; terceiro, abandono voluntário do domicílio conjugal e prolongado por dois anos contínuos e, por último, mútuo consentimento dos cônjuges, se forem casados há mais de dois anos.

– Pois creia-me, doutor. Adultério e injúria é o que mais aquele homem já cometeu contra mim.

– A senhora tem provas de ele ser adúltero? O artigo 279 afirma que, para se caracterizar adultério, temos que provar que ele tem concubina teúda e manteúda.

– Concubina o quê?

– Teúda e manteúda, senhora. Quer dizer, em linguagem popular. Manteúda é uma mulher que é mantida financeiramente por um homem casado, sendo tratada como se fosse a segunda esposa. Já a palavra teúda, diferentemente de manteúda, define a mulher apenas como a amante, sem qualquer tipo de suporte financeiro do homem. Entendeu? De qualquer forma, o artigo 281 contempla que a ação por adultério prescreve no fim de três meses, contados da data do crime...

– Bem, se ele tem concubina assim... teúda, eu agora não posso lhe dizer...

– É, senhora, realmente a prova do adultério do homem, a menos que se dê o flagrante, é mais difícil do que a do adultério da mulher. Mas, diante da situação, aconselho-a a entrarmos primeiro com a petição de desquite. O divórcio ainda não está regulamentado no Brasil. Há controvérsias imensas, porque ele não dissolve a família, mas sim o vínculo matrimonial. Dissolve a união dos cônjuges, mas não dissolve o instituto da família, de que ficam os divorciados, pela nossa lei, prisioneiros, não podendo mais se casar.

– Então, doutor, o que podemos fazer?

– Entramos com a petição inicial de separação legal de corpos: desquite, com a consequente divisão dos bens do casal. Mas senhora, devo adverti-la que as coisas não serão fáceis. Estamos vivendo um momento no Brasil de sérios debates justamente sobre a questão do divórcio. E a senhora sabe, por mais que façamos, essas coisas terminam vindo a público e... a senhora sabe, os falatórios, os mexericos terminam acontecendo.

– Não se preocupe, doutor, estou disposta a tudo. Não me intimidam os falatórios.
– Pois bem. Queira assinar então esta procuração. Na petição inicial da ação, basta que o cônjuge que demanda enuncie sumariamente os fatos, sem entrar em detalhes ou minudências, que poderemos verificar no curso da ação.
– Muito obrigado, monsieur...
– De nada, senhora. Madureira de Pinho. Um seu criado.

★

Afinal as coisas agora atam-se. Aí o nexo Madureira de Pinho X Carmine Alfano. Adiante que o tempo não para.

XXXII

Jornal A Tarde – terça-feira, 18 de dezembro de 1923
Henriette não saltou. A outra quis ver a cidade e ficou.

A polícia do porto impediu o desembarque de Henriette Eon, passageira do vapor inglês Avon que escalou por este porto. Foi isso em obediência ao Decreto nº 476 de 26 de janeiro de 1921 que proíbe a imigração de mulheres de vida alegre.

A passageira em questão se destinava à pensão Central.

A companheira de Henriette, porém, que viajava no mesmo vapor com destino a Montevidéu, resolveu vir à terra, talvez com o propósito de providenciar sobre o desembarque da impedida.

Depois de apresentar os seus passaportes à polícia marítima, a companheira de Henriette andou pela cidade e tanto se demorou que, quando se lembrou do Avon, este já tinha deixado as águas de nossa Bahia rumo ao Sul.

Esta, portanto, ficou em terra, apesar de todas as leis de imigração.

Assim, em fins de agosto de 1923, Carmine recebeu duas intimações. Uma da justiça civil movida por Servilia Laparolli, e outra da Alfândega do Estado da Bahia. Nesta última lia-se:

Edital nº 79
Imposto sobre a renda.
De ordem da inspetoria desta alfândega, fica a firma Alfano & Cia., intimada a dizer, dentro do prazo de quinze dias, o que for a bem de seus direitos, relativamente aos processos de infração dos artigos quinto, alínea 1ª, dezenove, alínea quarta e segunda do Decreto 15.589 de 28 de maio de 1922, sob pena de penhora de bens.
Alfândega do Estado da Bahia, 27 de agosto de 1923
Cornélio da Rocha e Silva
Terceiro escriturário encarregado da fiscalização

Carmine, após ler as intimações – a da Alfândega também foi dirigida a mais duzentos outros comerciantes –, chamou Gregório e disse-lhe:
– Tome conta da fábrica que tenho que arranjar um advogado.
E todo o dia ele andou, da Alfândega para a Associação Comercial, da Associação para o escritório de Pacheco Mendes, que já a esse tempo não advogava mais porque elegera-se deputado. De um lugar para outro, daqui para ali, passou o dia.
À noite, ao retornar para casa, Carmine era o retrato vivo do cansaço. Abatido, preferiu não jantar e tomou uma garrafa de vinho. Por volta das duas horas da manhã afinal, deitou-se. Mal o subconsciente entregou o corpo ao benfazejo e reparador sono, um sonho assaltou-o: a princípio as imagens floridas do dia em que conhecera Servilia desfilaram em sua mente. Corria o mês de janeiro de 1896, Carmine fazia parte da tropa que iria combater o Negus Menelik na ocupação italiana da Abissínia, e o exército italiano concentrou-se na Sicília para dali seguir viagem com destino à África.
Em um dos exercícios militares, o batalhão que Carmine servia como tenente desfilou pelas ruas da ilha, e foi então que entre a população que parara para assistir às tropas, estava Servilia com um ramo de flores nas mãos. Aquele primeiro olhar, dirigido à

garota francesa em férias na ilha, foi um furacão no coração do jovem tenente. Mas, pouco tempo durou aquela doce imagem no sonho. Tudo se turvou, e Carmine via-se agora caminhando numa imensa floresta escura e misteriosa. De quando em vez, um clarão luminoso varria o espaço e aos olhos de Carmine surgiam cenas de indescritível horror. Num relâmpago que iluminou momentaneamente a cena, se viu diante do monstro Minos do Inferno de Dante que lhe dizia: Entrate, entrate que che non lascio giammai persona viva! (entrai, entrai aqui que não deixou jamais pessoa viva!). E se viu arrastado por violento turbilhão. O monstro acercando-se gritava em seu ouvido:

– Tutti si confessa!

E Carmine via-se em meio a um furacão infernal. Um vendaval que tudo varria, tudo revolvia; arrebatava muitas almas sofredoras levando-as de roldão pelas alturas como se fossem folhas secas, numa ronda vertiginosa de angústias e martírios sem fim, que foi dando origem a várias cenas reais de sua própria vida; a debandada de seu batalhão, do forte de Makalle assaltado pelos abissínios comandados por Menellek, a perseguição que Carmine sofreu de fato, por parte de um soldado abissínio e finalmente o tiro que deflagrou na face daquele homem negro. Mas, ao estampido do tiro, a face do guerreiro abissínio se transfigurava, e em sua frente, apareciam as feições de João de Adão. A volta do batalhão destroçado à Sicília, o novo encontro com Servilia que, estando de costas para ele, caminhava distraidamente. Carmine em meio a toda essa alucinação, correu ao encontro dela. Mas quando a alcançou, e ela se virou, viu, no lugar do rosto de Servilia, o de Rosa, para logo depois se esvair completamente. Aquele corpo se desfazia em suas mãos e tornava a reaparecer o monstro Minotauro que em corpo de homem e cabeça de touro leu um pergaminho: "Eu o juiz de Direito da vara dos feitos da Fazenda Estadual da cidade da Bahia, mando o porteiro dos auditórios da comarca da capital, que traga a leilão de venda e arrematação, todos os bens penhorados à firma Alfano & Cia".

E Carmine, lavado de suor, acordou.

XXXIII

Cópia do contrato Ethelburga

Contrato feito em data de sete de dezembro de 1923, entre o Governo do Estado da Bahia (daqui em diante chamado "O governo"), representado pelo doutor José Joaquim Seabra, governador do Estado, de uma parte, e o Ethelburga Syndicato Limited, estabelecido com sede social em Bishopsgate, número 65, em Londres (daqui em diante chamado "os contratantes"), de outra parte Thomas Martins Chalmers Stewart, seu diretor, considerando que obrigações e Bonds do Tesouro criados e emitidos pelos empréstimos exteriores do Estado da Bahia estão atualmente em circulação por empréstimos e pelas importâncias, segundo detalhe da tabela estipulada no presente, e aqui designadas coletivamente "A dívida externa", e considerando que as Obrigações dos empréstimos de 1888 e 1910 foram emitidas em França e que as Obrigações dos empréstimos de 1904 e 1913 foram emitidas em Inglaterra e figuradas em moeda inglesa, e que as obrigações do empréstimo de 1915 e Bonds do Tesouro de 1918 foram emitidas parte na Inglaterra e parte na França, figuradas por sua vez em moeda inglesa e francesa, e considerando que em primeiro de janeiro de 1922, e depois desta data o governo não pode fazer face aos seus compromissos no que se refere ao pagamento dos juros e entregues para o fundo de amortização da Dívida Externa.

E considerando que o Governo apelou ao concurso dos Contratantes para auxiliá-lo a satisfazer os ditos compromissos, e que os Contratantes aceitam em colocar os seus serviços à disposição do Governo na extensão e conformidade das condições abaixo estipuladas.

Estas obrigações funding serão amortizadas em trinta anos, máximo a partir de janeiro de 1928[4] por meio de trinta anuidades iguais, as quais serão aplicadas a compras na bolsa se as obrigações estiverem abaixo de par e sorteios se os títulos estiverem ao par ou acima... Blá... Blá... Blá...

---

4. O segundo mandato de Governador do Estado de J.J. Seabra foi de 1920 a 1924.

Os meses que decorreram foram mesmo os de um inferno na vida de Carmine. Eram audiências e mais audiências no fórum, reuniões de comerciantes na Associação Comercial, intimações e procurações, e conversas com advogados e prazos a cumprir, e ofícios e petições sem fim.

Para piorar a situação, uma noite a fábrica foi arrombada e roubaram vários rolos de arame que eram utilizados nos lastros das camas. Carmine foi à delegacia mais próxima para dar queixa e, só então, ficou sabendo que dar queixa e não dar dava no mesmo. O escrivão que o atendeu disse-lhe:

– Estamos por aqui – fez um sinal com a mão acima da cabeça – de problemas para solucionar. O senhor quer ver? – E pegou um monte de papéis na gaveta – Temos aqui, por exemplo, o caso misterioso de um africano que se suicidou ou foi enforcado, andava o infeliz com mania de perseguição. Outro caso ainda mais complicado: uma espanhola macumbeira do candomblé do Procópio mandou dar uma surra em um norte-americano. Outro caso medonho: um russo, dono de um bordel, que desfeiteou uma Tal de Alice Gringel e empurrou-a escada abaixo. O amante de uma cigana, que é um tal sírio, largou mulher e filhos na miséria e caiu no mundo... Roubos, assaltos e desordens de todo o tipo. O seu caso, senhor Alfano, vai ser anotado aqui, digo registrado, para posteriores investigações...

– Posteriores investigações?

– É. Posteriores. Como o senhor sabe, estamos às vésperas do carnaval. Só no final da semana que vem teremos homens disponíveis para investigar o seu caso.

XXXIV

Jornal A Tarde – sexta-feira, 29 de fevereiro de 1924
O cordão carnavalesco "Me deixa baiano" vai às ruas nos três dias de pândega cantando:

> *Passa a sogra sem falá*
> *Passa o fogão sem abano*
> *Passa a muié sem casá*
> *Passa o saveiro sem pano*
> *Mas a nossa capitá*
> *Sem farra de carnavá?*
> *... Me deixa baiano!*
>
> *Passa a comida sem sá*
> *Passa a espingarda sem cano*
> *Passa o pedreiro sem pá*
> *E sem papa o vaticano*
> *Mas a nossa capitá*
> *Sem farra de carnavá?*
> *... Me deixa baiano!*
>
> *Passa o avião sem voá*
> *Passa as festa sem piano*
> *Passa a linha circulá*
> *Sem desastre quase um ano*
> *Mas a nossa capitá*
> *Sem farra de carnavá?*
> *... Me deixa baianooo...*

Os negócios não iam bem na fábrica. O comércio com a grave crise econômica se retraíra muito. Vendas de camas e berços em baixa. Ante tal crise, as pessoas preferiam dormir nas tradicionais camas de madeira. Na justiça, o processo movido por Servilia, sob a orientação experiente do doutor Madureira de Pinho, já tinha tido parecer favorável a que Carmine pagasse as despesas de mudança definitiva da esposa para a França, onde passaria a residir. Aventaram também a divisão dos poucos bens que possuíam. O advogado de Carmine recorreu por várias vezes... e cada vez que recorria, mais e mais custos. Por outro lado, o Estado ameaçava-o com a cobrança dos impostos atrasados.

Mas a cidade da Bahia estava em pleno carnaval. Nada se poderia fazer nesse período. Em plena segunda-feira de carnaval, ele, sentado em sua escrivaninha, fazia cálculos e mais cálculos de suas despesas que àquela altura já eram superiores às receitas.

Anoitecia e o desanimado italiano lembrou que à noite os préstitos carnavalescos passavam sempre muito animados. Resolveu dar uma olhada para desanuviar a mente sobrecarregada de problemas. Pôs o chapéu, o paletó e foi para a rua Chile apreciar o carnaval.

Na avenida a agitação era imensa à passagem dos cordões e pranchas enfeitadas para a folia. Carmine tomou uma cerveja e ficou olhando serpentinas e confetes atirados para o ar. Tomou outra cerveja, e uma mulher fantasiada de fada do bem borrifou nele um pouco de lança-perfume, ele cheirou o perfume, achou agradável e resolveu tomar outra cerveja. Um Ford Cab Truck-1924 passou por ele cheio de mocinhas fantasiadas de girls ciganas chinesas das arábias. Uma das garotas acenou para ele e gritou:

– Vem, meu bem, que o carnaval vai ser um suco!

Foi a conta. Nem ele, nem ninguém sabe como foi que amanheceu o dia bebendo cerveja num penico e comendo calabresa frita molhada na cerveja em plena praia da Barra.

Só quem pula carnaval na Bahia sabe.

XXXV

Jornal A Tarde – quinta-feira, 30 de outubro de 1924
Um problema muito sério. Por que o trabalhador baiano foge da Bahia?

A sociedade baiana de agricultura que, como ela mesma diz "vem trabalhando, há mais de 22 anos, pelo engrandecimento da lavoura baiana", acaba de imprimir e vai fazer circular largamente um apelo aos fazendeiros do Estado, no sentido de melhorarem as atuais condições de vida do nosso trabalhador rural, fixando-o destarte ao solo natal.

A campanha da benemérita sociedade não podia ser mais oportuna, diante do êxodo continuado dos nossos lavradores que emigram em massa, atraídos pelos campos de plantação dos Estados do Sul.

Fazia já duas semanas que Carmine ordenara a Gregório que parasse a produção das camas e dispensasse os dois últimos operários de que ainda dispunha.

Numa manhã de forte calor, estavam somente Carmine e Gregório na loja da rua do Colégio, quando surge a morena Bruna, ex-namorada de Gaetano. Gregório que já a conhecia cumprimentou-a e conversou com ela por um tempo. Depois, foi ao escritório de Carmine no interior da loja e disse-lhe:

– Inhô patrão, o senhor sabe quem tá aí?
– Quem?
– A menina Bruna.
– E quem é a Bruna, Gregório?
– É a antiga namorada do inhozinho Gaetano, o senhor não se alembra, não?
– Sim, vagamente... não era aquela que trabalhava numa fábrica de tecidos lá para os lados da Ribeira?
– Sim, apois, ela mesma. Mas é que... é que...
– É o que homem? Desembucha logo.
– É que ela taí com um menininho assim desse tamanho, e tá me dizendo que o menino é...
– É o que Gregório? Fala de uma vez!
– É fio do inhozinho Gaetano. E que ela nunca falou nada porque nunca precisou, e resolveu criar o menino sozinha mesmo, mas que agora ela foi demitida junto com uma porção de gente, da fábrica, e que tá resolvida a ir viver em São Paulo, e que veio até aqui pro mode de saber se o inhô não podia ajudar a ela ao menos com a passagem do navio... Pronto! O senhor mandou eu falá, eu falei! Pronto. Já disse tudo.

Carmine, ao ouvir estas palavras, deixou-se quedar em uma cadeira e disse.

– Madona Mia Santíssima! Mas que quer ela que eu faça?
– Ela diz que só veio inté aqui, porque está por demais precisada, num sabe? E que quer saber se o inhô podia ajudar a ela...

Carmine esbravejou:
– Ela está pensando que isto aqui é casa de caridade? E depoi quem me garante que o menino é mesmo filho de Gaetano?

Já pensou se a Bahia inteira me aparece aqui com um filho de Gaetano? Me ponha questa mulher para fora daqui, Gregório! Mas; espera um pouco... – e foi até uma fresta da porta de onde podia olhar a mulher e o menino sem ser visto. Bruna, abaixara-se e penteava com os dedos os cabelos da criança. Carmine recuou apavorado porque viu que aquela criança que ali estava era o mesmo garotinho que tantas vezes ele vira correndo nos campos de trigo de Nápoles. Era o mesmo menino! Mais moreno talvez. Mas era o mesmo menino. E então, com a voz trêmula meteu a mão no bolso, retirou todo o dinheiro que tinha e disse a Gregório:

– Toma. Entrega a ela. É tudo o que tenho qui agora... dê a ela por escrito o endereço da loja e diga que escreva-nos quando lá chegar...

– O inhô não quer que traga ela até aqui não?

– Não... não... eu não suportaria, mas esta... ah, Gregório, eu não suporto mais...

XXXVI

Jornal A Tarde – terça-feira, 23 de dezembro de 1924
Os japoneses não são bons imigrantes

Um apelo de São Paulo ao professor Miguel Couto.

Os professores da Escola Politécnica de São Paulo dirigiram ao professor Miguel Couto o seguinte telegrama: "Os signatários do presente, lentes da Escola Politécnica de S. Paulo, convencidos da alta inconveniência da imigração japonesa em nosso país, dada a não assimilação da raça amarela em nosso meio e do sério perigo que surge, assim, para o futuro da nossa nacionalidade, enviam a V. Ex. as suas calorosas felicitações pela atitude brilhante e corajosa assumida nessa questão, hipotecando inteiro apoio a V. Ex., na cruzada em prol de um Brasil brasileiro.

Daí a alguns dias, ao cair de uma tarde, Carmine chamou Gregório em seu escritório e disse-lhe:
– Gregório, feche as portas da loja e volte aqui.
– Mas inhô, inda não tá na hora de fechar, não...
– Vá Gregório, per biene, feche as portas e volte aqui que precisamos ter uma prosa.

Gregório obedeceu sem entender o que se passava na cabeça do patrão para tomar uma atitude inédita daquelas. E afinal, Carmine disse-lhe com tristeza:
– Meu bom amigo Gregório, há anos que você me tem ajudado muito...
– Ochente patrão, que conversa é essa?
– Escuta. Estou indo amanhã cedo para Santo Amaro passar uns tempos por lá. Talvez compre umas terras de dona Maria Fernandes... bem, ainda não sei... Mas gostaria que não dissesse a ninguém para onde fui. Sobretudo se for alguém da parte dos advogados de Servilia. Entendeu?
– Entendi. Mas e quando é então que o senhor vorta?
– Nem sei se volto... Gostaria de te pedir umas coisas. Primo. Creio que não deu tempo de aquela moça, a Bruna, ter viajado... Andei me informando e só teremos vapor para o sul na semana que vem, portanto ela ainda deve estar aqui. Procure-a e entregue a ela este envelope. Aí tem o que posso dispor para ela e para o menino...que é mesmo a cara do Gaetano...

Hum, sim, e ela me disse que botou o nome dele de Caetano. E não Gaetano como vocês Italiano fala. – Carmine sorriu e repetiu:
– Caetano? Per biene, vá! Realmente a criança se parece muito com ele... E aqui neste outro envelope há algum dinheiro para você ir tocando a vida lá onde está morando agora...
– É, lá na ladeira do quebra-bunda, no Rio Vermelho... – disse Gregório sorrindo –
Não carecia o senhor me dar dinheiro não, eu vou me virando daqui e dali...
– Precisa sim. Tome. Quanto ao resto, vendi todas as máquinas da fábrica e esse nosso pequeno estoque que temos aqui.

Amanhã o senhor Rômulo Cavalcanti virá buscar, e você entrega tudo a ele. Depois você tranca todas as portas, e vá entregar as chaves aos proprietários dos prédios. Já paguei também todas as nossas contas deste mês... o resto depois eu resolvo...

★

Carmine desceu de um carro de praça na estação ferroviária da Calçada carregando duas malas. Comprou uma passagem para Santo Amaro na estação que, àquela hora, estava praticamente deserta, e uma fina chuva caía misturada a vento frio. Em razão do peso das malas, olhou em volta para ver se encontrava algum carrinho ou carregador que o pudesse auxiliar a transportá-las até o trem que já apitava anunciando a saída próxima.

Inesperadamente, de um ponto mal iluminado da estação, surgiu um homem empurrando um carrinho de bagagens e que rapidamente dele se aproximou. Fosse pela pressa em não perder o trem, ou pela pouca iluminação no interior da estação, Carmine não fixou a atenção nas feições do carregador que acomodou rapidamente as malas no carrinho e seguiu em direção ao trem, andando um pouco mais à frente de Carmine. Este lhe disse:

– Não tenha receios. Vai dar tempo de o senhor embarcar. Está indo direto para Santo Amaro, é?

– Estou.

– É. Santo Amaro é uma terra muito boa. Terra da cana-de-açúcar. Pode ser que a vida lá seja mais doce. Aqui, os donos das aparências e das ilusões não querem deixar a gente viver. Mas mesmo assim a gente vive. A gente sempre vive...

O último apito da locomotiva soou no exato momento em que os dois chegavam à escadinha do vagão de passageiros. Carmine adiantou-se, pegou uma das malas, subiu as escadinhas do vagão e voltou-se para receber a outra mala das mãos do homem e lhe dar uns tostões. O outro entregou-lhe a mala, recusou com um gesto as moedas e disse:

– Modjumba axé, que o Todo Poderoso te abençoe. Melhores dias virão, senhor Alfano.

Intrigado como aquele desconhecido sabia seu nome, Carmine encarou fixamente o homem que somente agora, quando o trem já começara a se movimentar, retirou o chapéu de abas largas. E era notável a semelhança física que ele tinha com João de Adão.

★

Refeito do susto que tomara na hora do embarque, Carmine, agora mais calmo, refletia: "Que coisa mais estranha... não pode ser... aquele carregador não poderia ser o João de Adão, lógico, o homem não estava morto já há vários anos?... Recordo-me que há algum tempo tive aquele pesadelo terrível em que ele me aparecera, e era também aquele mesmo guerreiro abissínio em que fui obrigado a atirar para salvar minha vida. Que relação terá tudo isto, meu Deus!? Lembro também que no sonho, quando toquei em Servilia, ela foi desaparecendo como uma nuvem de fumaça, por mais que eu a quisesse reter em meus braços, ela desaparecia... se esvaía indiferente à minha dor... quantos sonhos desfeitos, quantas esperanças desmanchadas... minha fábrica fechada, Servilia e aquele bandido do advogado dela a tentarem me arrancar as calças do corpo de um lado, do outro, o governo e seus impostos absurdos, a crise aguda do comércio... bem fiz; não lhes dou um tostão, vendi tudo o que podia vender... agora é arriscar, talvez comprar umas terras em Rio Real como dona Maria me sugeriu da última vez em que nos encontramos... é, talvez seja mesmo uma boa ideia... fico por uns tempos em Santo Amaro descansando, refrescando a mente... depois vejo o que posso fazer. Desistir não posso, tenho que continuar lutando, lutando como uma máquina, como a caldeira deste trem!

★

Quando chegou à fazenda de dona Maria Freitas, surpreendeu-se com o que viu. Era a mais completa decadência. Da porteira para dentro, vez por outra, contrastando com o verde queimado dos campos, podia-se ver umas manchas brancas de ossadas bovinas que eram sobrevoadas por urubus. Já bem próximo da casa grande, a antiga horta que a servia, abandonada; a plantação de milho – derradeira tentativa de João Gualberto Freitas – secando. Igual sorte destinada ao extenso canavial. Cercas divisórias ameaçando desabar. A velha propriedade ilhada por matos agrestes, aqui e ali, uma vaca magra incomodada por moscas varejeiras comia o capim. Um carro de bois apodrecia no tempo. Tudo muito velho, musgoso e carcomido. Carmine foi recebido com a alegria de sempre de dona Maria.

– Pois fique o tempo que o senhor quiser, senhor Alfano, já não temos a fartura dos tempos do finado meu marido João Gualberto, que Deus o tenha – e fez o sinal da cruz – mas a acolhida ainda é a mesma. Ah, senhor Alfano, o senhor não sabe o que eu tenho feito para continuar sobrevivendo... E os calotes que tenho tomado? Alguns de nossos fregueses faliram, outros fugiram às dívidas, já houve até fazendeiro aqui que se matou com tantas falências e concordatas pra todo lado...

Nosso engenho está de fogo morto, e assim, vamos sobrevivendo, eu e uns poucos agregados que ainda ficaram por aqui, por exclusiva falta de não terem para onde ir... Pois, olhe, repare bem como o cupim está devorando as linhas do telhado, parte do telhado do curral já caiu. E não é só. É nuvem de gafanhoto, saúvas e todo tipo de praga. E tudo por quê? Pela teimosia do João. Só por isso. Quando esta crise se acentuou, eu tanto que pedi, tanto que implorei, mas coitado... ele não compreendia, ou não aceitava, que os limites de um homem não são, afinal, só os da sua ousadia, coragem ou caráter, mas sim, o limite de como são as coisas, como estão as coisas em torno dele... Morreu velho, acabado, roendo as unhas com rancor, dirigindo todo tipo de palavrões contra o tempo, contra o governo, contra tudo e todos.

Creia-me, senhor Alfano, até a Raquel, minha filha, que está no internato, eu estou trazendo para junto de mim. Quem sabe ela não me ajuda a tocar isto aqui melhor. Ela deve estar chegando também por esses dias... Mas sim, me conte, senhor Alfano, quer dizer então que o senhor e a dona Servilia se largaram foi? Me conte como foi isto?

> *Jornal O imparcial*
>
> *Sábado, 28 de março de 1925*
> *Foi mandado com vista as partes a ação de desquite proposta por Servilia Laparolli contra Carmine Alfano para apresentação das razões finais.*
> *Este processo foi iniciado em outubro de 1923, gastando a audição de testemunhas mais de ano.*

★

Umas coisas nascem das outras. Fusão, difusão, confusão e transfusão enfim. Fazia duas semanas que Carmine estava em Santo Amaro. Raquel retornara do internato na última semana. Quando foi apresentada a Carmine pela mãe, mostrou um certo desinteresse, uma antipatia gratuita pelo italiano já grisalho que fora amigo de seu pai.

O quarto de hóspedes destinado a Carmine ficava no andar térreo da casa que outrora fora a suntuosa casa grande do engenho. Todas as manhãs, Carmine barbeava-se em um pequeno tanque de lavar roupas localizado nos fundos da casa. Como necessitasse de espelho, pediu um emprestado a dona Maria, que por sua vez cedeu-lhe o pequeno espelho de cabo que costumava ficar sobre o toucador do quarto de Raquel. Todavia, dona Maria não advertira a filha deste fato.

Numa manhã, Raquel acordou mais cedo que de costume e, como gostava de caminhar, resolveu dar uma volta pelos campos próximos à casa. Por uma circunstância casual, o trajeto que escolhera para caminhar passava pelo tanque onde viu, encostado à borda, o seu espelho de cabo. Achou estranho o fato de o espelho ter ido parar naquele local e apanhou-o.

Continuou o seu tranquilo caminhar quando deu de cara com Carmine. Este a cumprimentou cordialmente:

– Bom dia, senhorita Raquel.

Ela não respondeu e continuou a caminhar. Ele, a princípio, ficou observando-a afastar-se até que viu que de sua mão direita pendia o espelho que ele precisava para barbear-se naquele instante. Ele então voltou-se a caminhar em direção a ela chamando-a:

– Ei, senhorita Raquel? O espelho. Preciso dele.

Ela estancou o passo, voltou-se e disse:

– Esse espelho aqui é meu. Quem lhe deu ordem para o senhor se apossar dele?

– Ma ío non peguei. Ío pedi emprestado à senhora sua mãe, e ela me emprestou este espelho aí. Non sabia que questo espelho era teu.

– Senhor, agora eu nem posso perguntar a ela se de fato lhe emprestou mesmo, porque ela foi a Rio Real. Mas não creio que minha mãe fosse lhe dar um objeto a que tanto estimo, sem antes me consultar.

– Ela non deu. Emprestou só.

– Pois o senhor, se quiser espelho, que compre um.

– Má quê? Que insolência é esta? Que custa emprestar-me o espelho? Que lhe fiz eu?

– Insolente é o senhor que quer usar o que não lhe pertence – ela sorriu, um sorriso de pirraça e continuou – O senhor tem a língua bastante enrolada para quem tem tantos anos residindo no Brasil.

– Má é o sotaque... vá empresta-me o espelho – e deu alguns passos em direção a ela.

Ela recuou igual número de passos e disse:

– Está bem. Posso até lhe dar, mas só se o senhor traduzir o que vou lhe dizer na língua do P.

– Na língua do P? Que é isto?

– Vá-pá-ca-pa-ga-pá no-pô-ma-pá-tô-pô!

– Má que estais a dizer?

Ela repetiu a frase e ainda acrescentou:

— Velho abestalhado!

Essa última frase dita em português claro abordou como uma flechada a ira dele. Partiu para cima dela para tomar o espelho. Contudo, num gesto mais rápido, ela afastou-se mais, e tornou a gritar enquanto corria:

— Vem buscar, se você ainda pode correr, seu velho!

Carmine quase teve um ataque de cólera e gritou para ela:

— Ah é? Com quarenta e cinco anos, ainda posso contigo — e pôs se a correr atrás dela, que por sua vez respondeu:

— E eu tenho dezenove. Só quero é ver você me pegar.

Os dois em desabalada carreira e sob os olhares das criadas da casa e de alguns trabalhadores que assistiam sorrindo a mais uma das travessuras de Raquel, subiam e desciam os caminhos que ela ia trilhando para fugir dele. Carmine, embora forte, sentia o peso da idade e fazia um grande esforço na perseguição.

Raquel, no vigor da juventude, corria mais veloz ainda e gargalhava zombando, até que começou a subir por uma trilha que ia dar no topo de um barranco. Foi seu segundo erro. O primeiro tinha sido fazer abertamente uma afronta dessas ao italiano, e o segundo consistia em subir uma encosta estreita em que ele poderia mais facilmente alcançá-la. Foi o que quase ia se dando quando os dois atingiram o topo do barranco. Carmine chegou a segurar o braço dela. Mas quando o fez, e ela tentou livrar-se, os dois se desequilibraram e tombaram barranco abaixo. Ali, naquele momento, ela não se desmanchou, não se esvaiu como Servilia o fizera na vida dele; ao contrário, o medo ou outro sentimento qualquer a fez agarrar-se nele com força.

E foi assim que, mais uma vez, destinos se cruzaram na Bahia de 1925. Depois dessa e de outras brincadeiras, deu-se enfim a transfusão. Nasceram daí, Carlos, Liana, Olimpia, Luzia, Rafael, Benedito e Antonieta. Carmine Alfano recomeçou tudo de novo. Eis a verdade.

★

...A OUTRA PARTE DA HISTÓRIA DESTE LIVRO

Os livros têm destinos? É pergunta que há 25 anos venho me fazendo desde aquele 1999 em que afoitamente e afobadamente fiz imprimir 100 cópias de um livrinho todo atrapalhado a que dei o título de "O crime do caminho novo". Uma obra repleta de imperfeições, e de pífia circulação, coisa muito comum no meio literário brasileiro, sempre deficiente no que diz respeito à questão da divulgação e distribuição.

Não me arvoro a execrar aquele primeiro livro como alguns escritores fazem com seus livros de estreia na Literatura. Não, também não é para tanto. Foi a partir dele que escrevi e publiquei outros seis, sendo que outro romance histórico meu – *O touro do rebanho* – obteve o primeiro lugar no Concurso Internacional - Prêmio José de Alencar, da União Brasileira de Escritores UBE/RJ em 2014, na categoria Romance. Fica, portanto, aquele primeiro livrinho valendo. É atestado de uma época e das circunstâncias – emocionais, existenciais e intelectuais do autor então iniciante. Entendi efetuar mudanças radicais naquela obra porque sobre ela abateu-se minha inquietação de autor. Ao longo dos anos, muito mudou a minha concepção de romance, visitei novas técnicas e frequentei vertentes menos amenas, e seguramente mais íngremes. Natural que o livro de 1999 mudasse; e mudou, a ponto de se tornar um novo livro, inclusive no título. O texto foi todo reescrito, repensado, reestruturado, recriado. Creio que tive o direito de nele mexer. Afinal nasceu de mim, embora não necessariamente para mim. E mais não digo, porque posso dar início a uma treta de enfadonhos debates críticos a respeito de um autor alterar ou não alterar o próprio texto depois de tantos anos. O que me importa? O que nos importa verdadeiramente é que os destinos dos homens continuem a se cruzar.

O autor.
Julho de 2024.

Heráclito | Circa 500 a.C. - 450 a.C

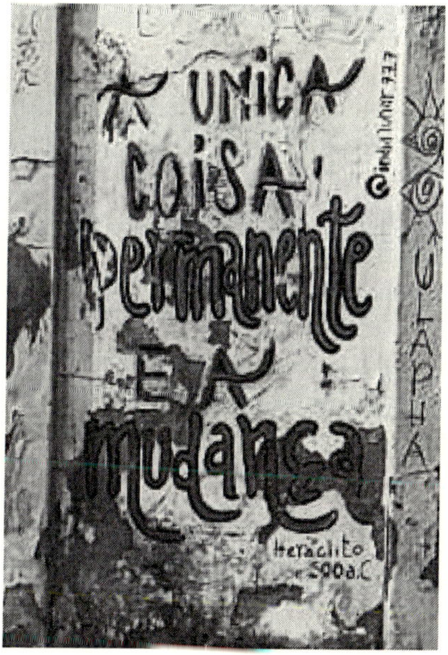
A UNICA
COISA
permanente
E A
mudança
Heraclito
500 a.C
ULAPHA

DOCUMENTAÇÃO ICONOGRÁFICA:

ALFANO & C.
Grande Fabrica de Camas de Ferro
Premiada com Medalha de Prata na Exposição
Nacional de 1908
PERNANMBUCO - Rua Marquez Olinda, n. 14
BAHIA - Rua do Collegio, n. 13, Rua Almeida Couto, n. 42

Anúncio da fábrica de camas de ferro Alfano & C. nos jornais baianos nas duas primeiras décadas do século XX.

Cartão postal tipográfico: Grupo de Carregadores Africanos – Bahia – Museu Tempostal – Fundação Cultural do Estado da Bahia - DIMUS

O Cais das Amarras de Salvador e seus prédios de cinco andares, em 1861, por Benjamim Mulock. A cena fica na atual avenida da França, antes de ser feito o aterro. O prédio da Alfândega (atual Mercado Modelo), está ao fundo. Os demais prédios não existem mais. Disponível em: http://www.bahia-turismo.com/salvador/antiga/cais-amarras.htm

Esse é o antigo Cais das Amarras, fotografado por Rodolpho Lindemann, por volta de 1885. É a atual Rua Miguel Calmon, e esses edifícios de cinco andares não existem mais. Essa estrutura transversal ao Cais, em forma de trapiche, existiu por boa parte do século 19, e até antes do aterro do Porto, no início do século 20. Em 1875, entretanto, a arquitetura do conjunto era mais simples, como visto no panorama de Marc Ferrez. http://www.cidade-salvador.com/seculo19/lindemann/cais-amarras.htm

O Palácio do Governo, entre 1910 e 1912 na Praça Municipal. As esculturas de caboclos do frontão foram substituídas pelas Armas do Estado, e aparece um portão na rua do lado da Baía. http://www.salvador-turismo.com/praca-thome-sousa/antigas/antigas.htm

Palácio do Governo (atual Palácio Rio Branco), situado na praça Rio Branco (hoje Praça Municipal) em 1912, mostrando a destruição causada pelo incêndio que se seguiu após o bombardeio da cidade ocorrido em 10 de janeiro daquele ano, em virtude das disputas políticas pela sucessão governamental. In: A Biblioteca Pública da Bahia: dois séculos de : A Biblioteca Pública da Bahia: dois séculos de história, SOARES, Francisco Sérgio Mota. et. al., Salvador: Fundação Pedro Calmon, 2011, ISBN 9788561458393 (p. 89) - after Acervo Centro de Memória/FPC.

Atracação do vapor Canavieiras no novo Porto de Salvador - Imagem de arquivo da Prefeitura de Salvador - O novo porto soteropolitano finalizou as obras no Cais da Alfândega e iniciou sua exploração comercial em 13 de maio de 1913, data de sua fundação oficial. Disponível em: https://portogente.com.br/portopedia/112071-historia-do-porto-de-salvador-e-a-primeira-atracacao-navio-a-vapor-canavieiras

© 2024, Krishnamurti Góes dos Anjos

Todos os direitos desta edição reservados
à Laranja Original Editora e Produtora Eireli
Rua Isabel de Castela, 126 – Vila Madalena
São Paulo – SP – CEP 05445-010
www.laranjaoriginal.com.br

Edição: Filipe Moreau
Bruna Lima
Yves Ribeiro
Revisão: Julia Páteo
Projeto gráfico: Yves Ribeiro
Produção gráfica: Bruna Lima
Foto do autor: Krisna Maria Góes dos Anjos
Foto de capa: Yves Ribeiro

Dados Internacionais de Catalogação na Publicação (CIP)
(Câmara Brasileira do Livro, SP, Brasil)

Anjos, Krishnamurti Góes dos
  Destinos que se cruzam / Krishnamurti Góes dos
Anjos. -- 1. ed. -- São Paulo : Editora Laranja
Original, 2024.

  ISBN 978-85-92875-81-7

  1. Romance brasileiro I. Título.

24-219836   CDD-B869.3

Índices para catálogo sistemático:

1. Romances : Literatura brasileira   B869.3

Aline Graziele Benitez - Bibliotecária - CRB-1/3129

LARANJA ● ORIGINAL

Fonte Caslon Pro
Caixa de texto 95 x 166 mm
Papel Pólen Bold 90g/m²
nº páginas 192
Impressão Psi7